编委会

主　任：薛保勤　李　浩
副主任：刘东风　郭永新
编　委：（按姓氏笔画排序）
　　　　王勇安　王潇然　毛晓雯　刘　蟾　刘炜评
　　　　那　罗　李屹亚　杨恩成　沈　奇　张　炜
　　　　张　雄　张志春　高彦平　曹雅欣　董　雁
　　　　储兆文　焦　凌
审　稿：杨恩成　费秉勋　魏耕源　阎　琦

诗词里的中国

诗词里的
家国情怀

那罗——著

陕西师范大学出版总社 西安

图书代号　WX24N1092

图书在版编目（CIP）数据

诗词里的家国情怀 / 那罗著. -- 西安：陕西师范大学出版总社有限公司，2024. 8. -- ISBN 978-7-5695-4558-6

Ⅰ. I267

中国国家版本馆CIP数据核字第2024VZ6600号

诗词里的家国情怀

SHICI LI DE JIAGUO QINGHUAI

那　罗　著

出版统筹	刘东风
选题策划	郭永新　焦　凌
责任编辑	姚蓓蕾
责任校对	焦　凌
封面设计	微言视觉∣沈　慢
封面绘图	克　旭
出版发行	陕西师范大学出版总社
	（西安市长安南路199号　邮编 710062）
网　　址	http://www.snupg.com
印　　刷	中煤地西安地图制印有限公司
开　　本	710 mm×1020 mm　1/16
印　　张	15.75
插　　页	2
字　　数	180千
版　　次	2024年8月第1版
印　　次	2024年8月第1次印刷
书　　号	ISBN 978-7-5695-4558-6
定　　价	88.00元

读者购书、书店添货或发现印装质量问题，请与本公司营销部联系、调换。
电话：（029）85307864　85303629　　传真：（029）85303879

自序

中国人心目中的"家"与"国"关系密切,几乎到了不分彼此的地步,从语言上就能窥见一斑——"家"可以用来指国家朝廷,譬如金朝赵秉文《代州书事》诗:"汉家战伐云千里,唐季英雄土一丘。"汉家就是汉朝。张衡的《东京赋》也说:"且高既受建家,造我区夏矣。"讲的就是汉高祖受命建国的故事。而反过来,"国"也可以指家乡故土,譬如唐代曹邺的《送郑谷归宜春》诗说:"无成归故国,上马亦高歌。"前蜀李珣的《河传》词也说:"愁肠岂异丁香结?因离别,故国音书绝。"所谓的"故国"就是故乡。

正如清代李渔在《奈何天·助边》里说的"家国虽殊道自均",人们传统观念中的"家"和"国",绝不是两个无关的实体。我们从古人对于"修身、齐家、治国、平天下"的箴言里,就能看出中间的递进关系。从一家类推到一国,能够使家庭和睦的人,才有能力治理国家政事,就像《诗·大雅·思齐》里咏唱的一样,"刑于寡妻,至于兄弟,以御于家邦"。君子先成为妻子、兄弟的表率,然后才足以治理国家,孟子说,这就是"言举斯心加诸彼而已"(《孟子·梁惠王上》),从一己之身推及一家,再到天下四海,就像《尚书》中说的:"立爱惟亲,立敬惟长,始于家邦,终于四海。"

而治国的最高理想,也要从一国落实到一家:

> 大道之行也,天下为公。选贤与能,讲信修睦,故人不独亲其亲,不独子其子,使老有所终,壮有所用,幼有所长,矜、寡、孤、独、废疾者皆有所养。男有分,女有归。货恶其弃于地也,不必藏于己;力恶其不出于身也,不必为己。是故谋闭而不兴,盗窃乱贼而不作,故外户而不闭,是谓大同。

最理想的"大同"世界,其实就是一个和乐之家的放大——人们彼此像亲人一样相互扶持,没有遗弃,没有阴谋算计,行走天下,就像在自己家中一样逍遥自在。

这一种家国观念也反映在古人的文艺观念里。《礼记·乐记》中记载了一段子夏与魏文侯的对话,子夏理想中的"雅乐",是"修身及家,平均天下,此古乐之发也"。家国情怀是古代诗歌曲赋的重要内容。人自出生始,就受到家庭的哺育庇佑,在成长当中,又逐渐从历史和现实中构筑起对国家和天下的理解。各人的人生遭际可能天差地别,然而对于家国的责任永远像一根坚韧的纽带,维系着这种绵延千载的情怀——生逢盛世的人,或是从天伦团圆中享受温馨,或是想要把这种美满推及天下人,于是有了澄清宇内、奋发有为的壮志;而不幸生于乱世的人,经历过"国破家亡"的惨痛,也从一己一家的遭遇中生出对国家、对天下的责任感，从而投身挽救国运、解民倒悬的事业中。

正所谓"烈士之爱国也如家"（葛洪《抱朴子·广譬》），几千年诗中的家国情怀，种种爱与痛、笑与泪，足可以光图丽史，而其中复杂的因缘、微妙的情致，又极为婉转多变，非细读深思不能尽察。笔者才识浅陋，面对数千年诗歌传统沉积下的种种瑰宝，所能阅读摘录、展现给读者的，实在不足全貌之万一。行文粗糙谬误之处，还待诸位不吝赐教。

目 录

平生家国萦怀抱..........1
家 国 一 体

苟利国家生死以..........27
社 稷 之 思

明月何时照我还..........59
故 园 之 思

葵藿倾太阳..........87
忠 君 报 国

忆昔开元全盛日..........115
国 祚 兴 衰

国破山河在..........161
黍 离 之 悲

哀故都之日远..........187
去 国 怀 乡

何处望神州..........213
体 国 经 野

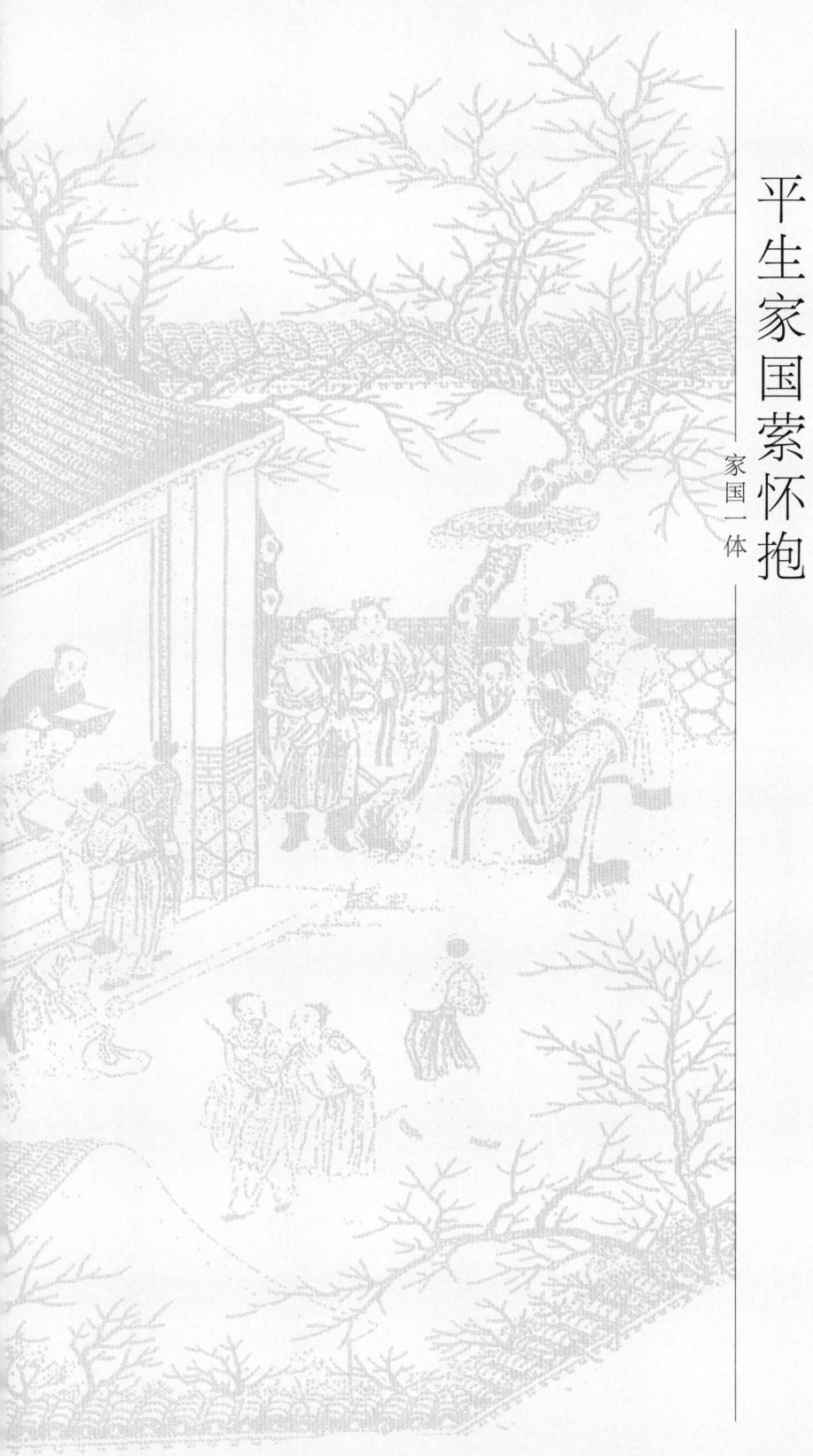

平生家国萦怀抱

家国一体

《孟子·离娄章句上》说："人有恒言，皆曰'天下国家'。天下之本在国，国之本在家，家之本在身。"国与家，不仅是安身立命的去处，更是所有信仰与眷恋的源头。从《诗经》和《离骚》的时代起，对家国的热望便浸满了诗行。家国是他们脚印的起点，是诗人在渐行渐远中不住回望的地方，又是"少小离家老大回"之后永远失落的部分。当诗人游走于历史和现实之间，看到家国的前世今生，也会生出一种历史的乡愁：追思往日的繁荣，从历史旧迹中印证循环的因果，从夙昔的典集中看到自己的济世抱负。

在中国诗歌的发源时代，这种家国情怀就展现过灼灼的光华。如《诗经》的《鄘风·载驰》，即有颇多可圈可点之处。《诗经》的作者多不可考，但《载驰》则是个幸运的例外，它的作者许穆夫人是有历史记载的第一位女诗人。许穆夫人是卫宣姜的女儿、许国国君穆公的妻子。查考《左传·鲁闵公二年》，我们可以得知这首诗的背景：

公元前660年，狄人攻卫，大败卫军于荥泽，杀卫懿公。卫人在宋桓公的帮助下，在漕邑拥立卫戴公为国君。第二年，戴公病逝，其弟文公继位。这个时候，卫国外患未平，新君初立，其中的复杂凶险可想而知。许穆夫人是卫文公的同母妹妹，在国难当头之际，她不顾许国君臣的阻挠，驾着飞驰的马车欲返回故土，又奔走在大国之间，向他们求援。《载驰》就是她返回漕邑期间创作的。

"载驰载驱，归唁卫侯。驱马悠悠，言至于漕。"——开篇写的是许穆夫人的遭遇。她驱赶着马车、心急如焚地奔向卫国，却在漕邑遇到了来自许国的大夫："大夫跋涉，我心则忧。"许穆公显然不愿意妻子参与卫国的乱局，派了大夫来阻拦她。"既不我嘉，不能旋反。"夫家的许国指责她擅自离开，阻挠她渡过黄河回到故国，使得许穆夫人既不甘心半途而返，又无法奔赴前程，她滞留在小小的漕邑，想到父母的国家正在遭受苦难，内心填满了愤懑。

"陟彼阿丘，言采其蝱。"她登高望乡，采贝母草以疗忧，终不能解开心头的郁结；"女子善怀，亦各有行。"即便是柔弱感性的女子，也有她想要拼命守护的故土，相比之下，眼前这些阻挠她归乡的许国大夫，又是多么

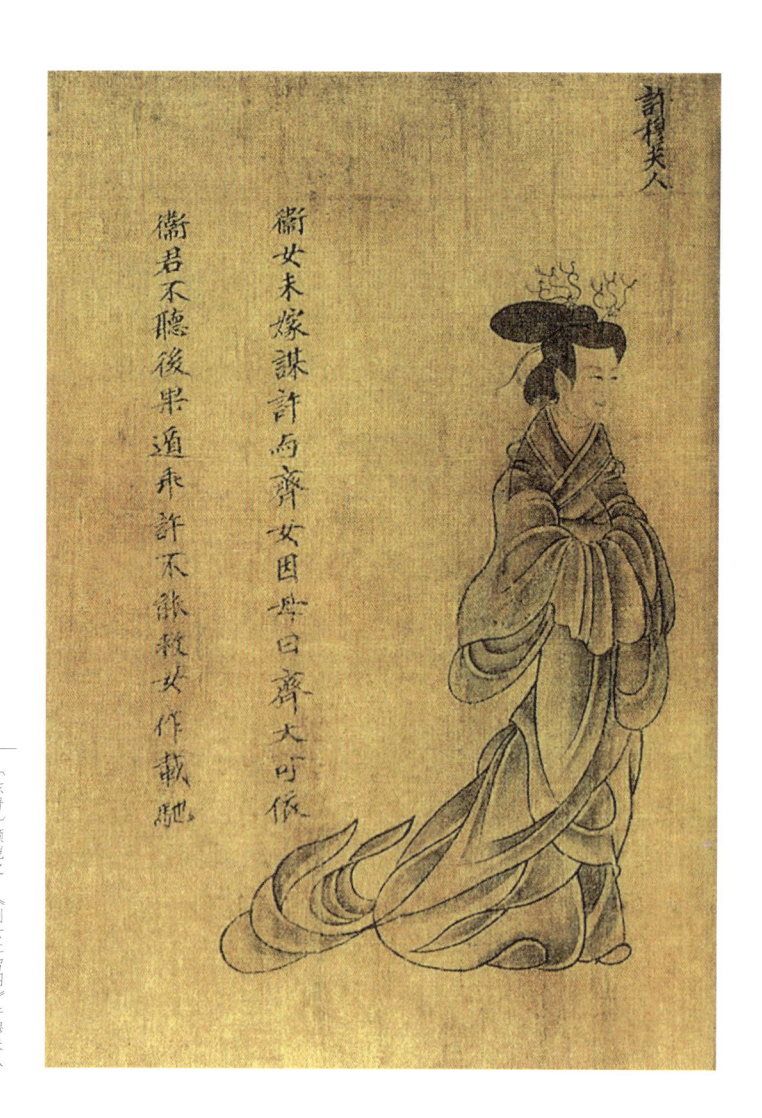

［东晋］顾恺之 《列女仁智图》许穆夫人

南宋摹本

无情而可恨!

"我行其野，芃芃其麦。控于大邦，谁因谁极？"返乡未果的许穆夫人不再扬鞭疾驰，她要向周围的大国求助，因此更加谨慎小心。许穆夫人缓辔而行，看着路边茂盛的麦草被吹出层层波澜，她的内心何尝没有触动？"大夫君子，无我有尤。百尔所思，不如我所之。"卫国和许国互为姻亲，但许国的大夫君子瞻前顾后，有谁肯像她一样奋不顾身？救卫之责，竟只落在她一个女子的肩上。

值得庆幸的是，许穆夫人的奔波最终有了回报：《载驰》一经传唱，"齐侯使公子无亏帅车三百乘、甲士三千人以戍漕"（《左传·鲁闵公二年》）。齐桓公派兵出援卫国，卫国的危难解除了，而许穆夫人为她的国家前后奔走、忧思辗转的身影，则凝成了《诗经》中动人的诗行。在春秋列国中，卫国只是一个极小极弱的角落，而在这个角落里，曾经生养了这样令人称叹的女儿，写下过这样奇绝的诗行，所谓的"疾风劲草"，大约就是形容这样的人物吧。

许穆夫人是卫国国君的女儿，她的国就是她的家，保存了国家，自然也就延续了家族的命脉。不过，和这样的贵族不同，更多的人来自寻常百姓家，他们只是国的一个细胞、一片枝叶，国家维系着他们的命运，然而为了国家，又常常要他们先做出牺牲。曹植《白马篇》就描写了这样的牺牲者，他是一个矫健勇毅的游侠少年，也是作者"戮力上国，流惠下民"的理想化身：

白马饰金羁，连翩西北驰。

借问谁家子，幽并游侠儿。
少小去乡邑，扬声沙漠垂。
宿昔秉良弓，楛矢何参差。
控弦破左的，右发摧月支。
仰手接飞猱，俯身散马蹄。
狡捷过猴猿，勇剽若豹螭。
边城多警急，胡虏数迁移。
羽檄从北来，厉马登高堤。
长驱蹈匈奴，左顾凌鲜卑。
弃身锋刃端，性命安可怀？
父母且不顾，何言子与妻？
名编壮士籍，不得中顾私。
捐躯赴国难，视死忽如归。

诗的前十四句，极尽雄放热烈、精美鲜明，令一个白马金羁、勇猛轻捷的少年从纸上跳跃出来，而后的句子却格调突转，变得音哀气壮，声沉调远，大有易水悲歌的遗韵："弃身锋刃端，性命安可怀？父母且不顾，何言子与妻？名编壮士籍，不得中顾私。"他为了国家应征入伍，不但毫不顾惜自己年轻的生命，连常人最难以割舍的父母妻儿，也只能作为"私心"而放在脑后，"捐躯赴国难，视死忽如归"，悲壮凝练，遂成千古警句。

为了国家而牺牲个体家庭毕竟是痛苦的，对于古代绝大多数的平民来说，"国家"的概念也许大得有些缥缈，而家人的冷暖哀乐却是具体而真实的。离乡远戍、思归恋家怨曲，曾经从《诗经》的《邶风·击鼓》传唱到今日。

"击鼓其镗，踊跃用兵。土国城漕，我独南行。"镗镗的鼓声里，将士们在演习刀枪，工匠们在建筑城池，别人都忙于眼前的事业无暇旁顾，作者却随军去了遥远的南方。他所在的军队平定了作乱的宋国和陈国，大军凯旋，只有少数的人被留下了，他们戍守在国境上，看不到可以作战的敌人，也看不到自己的归期。

这真是令人苦闷的处境：他注定无法成为国家的英雄，也无法支撑起他的小家庭。"爰居爰处？爰丧其马？于以求之？于林之下。"他感到失落又彷徨，甚至不记得自己身在何方，又在哪里丢失了一路陪伴的战马。一路上，他看过的风景都陌生而模糊，只有离家的场景还清晰地印在记忆中。

"死生契阔，与子成说。执子之手，与子偕老。"他与妻子告别的誓言成了后人吟咏不止的名句。当年，这个誓言曾经让他咬牙挺过了无数的险境，却在战斗平息后日夜煎熬着他："于嗟阔兮，不我活兮。于嗟洵兮，不我信兮。"清人方玉润《诗经原始》解释说："曩所云'与子偕老'者，今竟不能共申前盟也。夫国家大役，无过'土工城漕'，然尚为境内事。即征伐敌国，亦尚有凯还时。唯此边防戍远，永断归期，言念室家，能不怆怀？未免咨嗟涕洟而不能自已。"妻子和自己都健全地活在世间，却被军令遥遥无期地隔断在两地，此时，还家的希望比彻底绝望更使人痛苦。

这样的嗟叹，在《诗经》的时代是很普遍的。在频繁又酷烈的战争中，有的人成了异乡的鬼魂，有的人侥幸活下来，却只能终老在荒凉的边疆，有的人熬过了这一切，得以踏上归程。但后者就一定比前者更幸运吗？日夜渴盼的故乡和亲人，是不是面貌无改地在等待他回来？《豳风·东山》一篇，就记录了归乡人心中的五味杂陈。作者经历了长年的行军戍守，终于回到了家乡。他在迷蒙的雨雾中踏上回乡路，内心的悲哀却不比离别时减少分毫：

"我徂东山，慆慆不归。我来自东，零雨其濛。"归乡的路笼罩着细密的雨雾，眼前的风景逐渐从荒凉的国境推移成安宁的农家。"蜎蜎者蠋，烝在桑野。敦彼独宿，亦在车下。"他看见了野桑树，树上也许有山

蚕结的茧子，这令他想起自己行军时，蜷缩在兵车底下入睡的样子。这种生活令他感到疲惫厌烦，而今他迫不及待地脱掉了战袍，换上一身农家人的打扮。

"果臝之实，亦施于宇。伊威在室，蠨蛸在户。町畽鹿场，熠耀宵行。不可畏也，伊可怀也。"一路上，乡间的屋檐爬满了瓜蒌的枝蔓，枝蔓上结着硕大的瓜果，屋檐下则爬满了蜘蛛的网。到了夜里，空旷无人的院子有点点萤火在闪烁，这景象并不使他感到害怕，反而令他想起遥远的往事而觉得亲切。

多年前的记忆一点点地复苏过来，他想到家里的妻子："有敦瓜苦，

〔宋〕马和之　《豳风图》东山

烝在栗薪。自我不见，于今三年。"圆瓜和栗薪是他们新婚的信物，而今三年未见，归乡人那么想念她，连鹳鸣声都令他联想到妻子的叹息。"仓庚于飞，熠耀其羽。之子于归，皇驳其马。亲结其缡，九十其仪。"他记得结婚那一天，迎亲的花马黄白相间，新娘的母亲为她亲手结上缡巾。一切都那么鲜活美满地停驻在记忆中，而今他终于踏上归途，心情反而忐忑不安起来："其新孔嘉，其旧如之何？"家里的一切，还和离去时一样吗？

相似的心境，到了唐代宋之问的笔下，就被直接地吐露出来：

岭外音书断，经冬复历春。
近乡情更怯，不敢问来人。
《渡汉江》

离家日久，重返的喜悦在途中渐渐变成了忧虑，越是急切地想知道家中的境况，就越是害怕听见一些不幸的消息——曾经支撑自己走过九死一生的希冀，会不会在推开家门的一刻就残酷地破灭了？家国之间的两难，曾经引发过多少类似的伤怀嗟叹。国家的命运牵动了家庭的命运，这种兴亡之态令无数分散的个体有了共同的思念，而家人在危难中相互扶持，则成了离乱岁月中最动人的暖色。书写家国之思的篇章里，杜甫的诗是一座奇崛的高峰。在古代的诗人中，与杜甫相较，只怕没有多少人遭遇过落差更大的家国剧变：从开元之治到安史之乱，唐朝从清平盛世跌落到劫难的深渊。唐玄宗仓皇地逃到蜀地，连身边的杨贵妃也不能保全，而杜甫和所有的平民一样，遭遇了比玄宗艰难百倍的命运。他和家人混迹在流亡的队伍里，时而相互扶持着前行，时而又被伤兵和难民裹挟，被荒野和蓬蒿阻断去路。

混乱中，杜甫曾一度与家人走散，正在困苦无援之际，他的表侄王砅调转马头，一路呼喊他的名字寻来，将自己的坐骑让给杜甫，自己右手持刀，左手牵着马缰，把杜甫从危急中拯救出来。十几年后，他在《送重表侄王砅评事使南海》一诗中回忆道："往者胡作逆，乾坤沸嗷嗷。吾客左冯翊，尔家同遁逃。争夺至徒步，块独委蓬蒿。逗留热尔肠，十里却呼号。自下所骑马，右持腰间刀。左牵紫游缰，飞走使我高。苟活到今日，寸心铭佩牢。"

若是没有王砅的救助，杜甫也许就在这场动乱中死去了。他在诗中如实记录了当时的惶恐困窘，以及得救时的感激，而王砅勇毅的身影则与这场天翻地覆的动荡一同烙印在杜甫的心中。

后来，杜甫与妻子、儿女重新会合，夜半时分，一家人经过彭衙。他们在荒郊小道上潜行，淡白的月光照映出远山的轮廓，山间的野鸟发出断续的啼声，全家人早已疲惫不堪。幼女饿得在父亲怀中乱咬，杜甫怕她的哭声引来豺虎，只能心惊肉跳地掩住她的口；小儿子看见父母的艰难，做出懂事的样子去摘路边的苦李充饥——大人看在眼里，怕只会更添凄楚。杜甫在一年后写下了《彭衙行》，诗的前半段记录下当时的困顿情景：

忆昔避贼初，北走经险艰。
夜深彭衙道，月照白水山。

尽室久徒步，逢人多厚颜。
参差谷鸟吟，不见游子还。
痴女饥咬我，啼畏虎狼闻。
怀中掩其口，反侧声愈嗔。
小儿强解事，故索苦李餐。
一旬半雷雨，泥泞相牵攀。
既无御雨备，径滑衣又寒。
有时经契阔，竟日数里间。
野果充糇粮，卑枝成屋椽。
早行石上水，暮宿天边烟。

但即使在最狼狈不堪的岁月，也仍然有人情温暖给飘零者送去安慰，成为冥冥中联系他们、支撑他们的强韧力量。杜甫《彭衙行》的后半段，就写出了困顿时分的真情：

故人有孙宰，高义薄曾云。
延客已曛黑，张灯启重门。
暖汤濯我足，剪纸招我魂。
从此出妻孥，相视涕阑干。
众雏烂漫睡，唤起沾盘餐。
誓将与夫子，永结为弟昆。

> 遂空所坐堂，安居奉我欢。
> 谁肯艰难际，豁达露心肝？
> 别来岁月周，胡羯仍构患。
> 何当有翅翎，飞去堕尔前？

当逃难者敲开友人孙宰的家门，展现在杜甫面前的是梦寐般的场景：故友向他们敞开家门，灯笼暖黄的光驱散了黑暗。体贴的主人准备了热水让他们濯洗双脚。然后请出家里的妻小，让他们与杜甫一家相见，大家不禁都热泪纵横。熟睡的孩子也被叫起来，一起饱餐了丰盛的晚饭。

千年以后再读《彭衙行》，这场离乱中的相逢仍然那么生动。杜甫无数次用诗来怀念这些相濡以沫的深情，诗句中流露着真挚的感激，似乎过往磨难都因此得到了报偿和抚慰。这种直面苦难的勇气、忠厚仁爱的胸襟，使得杜甫的诗充溢着磅礴而蕴藉的情感力量。

这样的力量，在《羌村》《北征》等诗作中，都可以窥见一斑。他写离乱后的重逢，说：

> 峥嵘赤云西，日脚下平地。
> 柴门鸟雀噪，归客千里至。
> 妻孥怪我在，惊定还拭泪。
> 世乱遭飘荡，生还偶然遂。
> 邻人满墙头，感叹亦歔欷。

> **夜阑更秉烛,相对如梦寐。**
> ——《羌村》其一

亲人邻里显然见惯了悲惨,见到平安归来的杜甫,几乎不知怎样表达他们的惊喜。等一家人稍微安顿下来,秉烛对坐,还感到隐隐不安:过往的离乱生活仿佛还历历在目,而今的重逢,会是流离岁月的终点吗?苦难曾经那么沉重地压在他们肩上,这突如其来的团聚反而轻得令人感到不真实。这浓重的悲喜交集,都收敛在一句"夜阑更秉烛,相对如梦寐"中,令人回味不尽。这个句子后来被借用到了宋人晏几道的笔下,然而意境迥异,变得风流富贵许多:"今宵剩把银釭照,犹恐相逢是梦中。"(《鹧鸪天》)

尽管杜甫仍处在饥寒萧瑟之中,和妻儿的团聚仍然给他带来极大的安慰。他写到妻子和女儿的欣喜:"瘦妻面复光,痴女头自栉。学母无不为,晓妆随手抹。移时施朱铅,狼藉画眉阔。生还对童稚,似欲忘饥渴。"(《北征》)

短暂的团圆使得妻子的脸上出现了光彩,而小女儿学母亲梳妆打扮,一片娇痴之态跃然纸上,令杜甫几乎忘记了沿途所见的惨痛。但孩子的天真和依恋,不免和外面的时局格格不入:"娇儿不离膝,畏我复却去。"(《羌村》其二)

只要战争没有平息,家庭的温存就不可能长久。家中幼儿尽管未知世事,却敏锐地预知了父亲又将远行,围绕在杜甫膝前不肯离去。孩子的敏感使杜甫感到愧疚,而对国家的责任感又敦促他为之奔走。我们在杜甫诗中经

平生家国萦怀抱

《杜甫像》清殿藏本

常读到这种两难境地：一则出自对家国的拳拳忠爱；一则出自人性的至情。这自然真实的情感流露，也正是杜诗万古常新的动人之处。

除了写亲人的重逢，杜甫的诗还记录了他久别的邻里父老。处于艰难时世，这样的人情温暖显得格外动人：

> 群鸡正乱叫，客至鸡斗争。
> 驱鸡上树木，始闻叩柴荆。
> 父老四五人，问我久远行。
> 手中各有携，倾榼浊复清。
> 苦辞酒味薄，黍地无人耕。
> 兵革既未息，儿童尽东征。
> 请为父老歌，艰难愧深情。
> 歌罢仰天叹，四座泪纵横。
>
> 《羌村》其三

家乡父老用最好的东西招待杜甫，尽管他们也一样经历着贫穷和战乱。他们略带愧疚地说：自己酿的酒不好，味薄。一边说着，他们已经摆开了粗坯的酒碗，村酿的香气飘散开来，人们消瘦的脸上也有了红润的光彩。

杜甫被这淳朴的情谊深深感动了：回想安史之乱爆发之前，他曾怀抱着"致君尧舜上，再使风俗淳"（《奉赠韦左丞丈二十二韵》）的理想，但多年求仕无果，早已受尽白眼和冷遇。如今的村酿虽薄，它带给杜甫的安慰，却胜过所有的朱门酒肉。感动之余，杜甫为自己的无所作为而内疚，清代的金圣叹解读这首诗，点明了质朴诗句下涌动的深情："父老一问，直得无言可对。何也？先生远行，专为普天父老。今榼中清浊酒味如此，然则父老欲问我，只须各自问：特地出门五年、十年，而俾父老耕地无人。羞杀也，愤杀也！先生妙笔，全在无字处如此。"

杜甫曾经见过开元年间的盛景，然后眼看着它衰败到无可挽救的田地。经历和眼界使他的诗有了客观冷静的洞察力，而对家国深沉的热爱则充溢着每一句诗行。杜甫的诗收藏了唐朝最黑暗的岁月，却极少指责和控诉，对于家国的破碎，杜甫深深地痛惜，但希望与牵挂也蕴藏在其中：他既写离丧的悲苦，也写重逢的惊喜；既写时势的艰难，也写夹缝中的片刻欢愉。诗句既有饱满真诚的情感力量，又有直面惨淡的勇气和理智，仿佛把整个天宝年间的离合悲欢都担荷了起来。家国的苦难没有使他隐遁逃避，也没有令他崩溃毁灭——整个天宝年间的诗人中，唯有杜甫以史家的直面态度记录下一个时代，又用诗家的热忱去抚慰饱经丧乱的国家和人民——就拿《新安吏》来说，杜甫目睹过十几岁的少年被强征入伍，他即直书这一凄惨的场景："肥男有母送，瘦男独伶俜。白水暮东流，青山犹哭声。莫自使眼枯，收汝泪纵横。眼枯即见骨，天地终无情！"

但是又想到抵御侵略的责任，于是转换了口气去安慰这些年轻人，告诉他们行役不远，工作不重，领军的郭子仪会像父兄一样保护他们："就粮近故垒，练卒依旧京。掘壕不到水，牧马役亦轻。……况乃王师顺，抚养甚分明。送行勿泣血，仆射如父兄。"

又如《新婚别》一诗,写晚间结婚、次日清晨丈夫就应征入伍的新婚夫妇,杜甫用新嫁娘的口吻诉说自己的痛苦:"兔丝附蓬麻,引蔓故不长。嫁女与征夫,不如弃路旁。结发为君妻,席不暖君床。暮婚晨告别,无乃太匆忙。"

但倾诉到痛苦极深的时候,想到国家正处在深重的灾难中,她的语气就由悲伤转为鼓舞勉励:"勿为新婚念,努力事戎行!"

这种矛盾显示了杜甫诗最难能可贵的一面。百姓承担着越发沉重的租税徭役,他们的悲泣呻吟刺痛着杜甫的心;但若是一味倾诉家庭和个人的苦痛,反对兵役,国家就无人拯救,更多的家庭就会受到战争的摧残。诗人从不粉饰残酷的现实,但也尽自己所能去鼓励他们、安慰他们。只有《石壕吏》一诗例外:

> 暮投石壕村,有吏夜捉人。
> 老翁逾墙走,老妇出门看。
> 吏呼一何怒!妇啼一何苦!
> 听妇前致词:三男邺城戍。
> 一男附书至,二男新战死。
> 存者且偷生,死者长已矣!
> 室中更无人,惟有乳下孙。
> 有孙母未去,出入无完裙。
> 老妪力虽衰,请从吏夜归。
> 急应河阳役,犹得备晨炊。

夜久语声绝，如闻泣幽咽。
天明登前途，独与老翁别。

当时，兵役的残酷已经到了极致，仇兆鳌《杜少陵集详注》评论说："三男戍，二男死，孙方乳，媳无裙，翁逾墙，妇夜往。一家之中，父子、兄弟、祖孙、姑媳惨酷至此，民不聊生极矣！当时唐祚，亦岌岌乎危哉！"杜甫再也想不出什么话来安慰这一家人，这极度悲惨的画面更无须刻意渲染："天明登前途，独与老翁别。"只这一句最简单客观的叙述，就写尽了整个时代的呜咽悲凉。

即便杜甫定居成都草堂，生活稍稍和顺安定，他也没有忘记这一切，对家国的牵挂依然萦绕在他的心头：

西山白雪三城戍，南浦清江万里桥。
海内风尘诸弟隔，天涯涕泪一身遥。
惟将迟暮供多病，未有涓埃答圣朝。
跨马出郊时极目，不堪人事日萧条。

《野望》

安史之乱后，曾经如日中天的唐王朝一天天显露出日薄西山的光景，中唐诗歌的气象也反映了这种国运的变化。相比于青年杜甫"会当凌绝顶，一览众山小"（《望岳》）的奋发态度，生于中唐的白居易很早就体会到了家国离乱的忧思：

> 时难年荒世业空，弟兄羁旅各西东。
> 田园寥落干戈后，骨肉流离道路中。
> 吊影分为千里雁，辞根散作九秋蓬。
> 共看明月应垂泪，一夜乡心五处同。
>
> 《自河南经乱，关内阻饥，兄弟离散，各在一处。因望月有感，聊书所怀，寄上浮梁大兄、於潜七兄、乌江十五兄，兼示符离及下邽弟妹》

白居易过早地经历了离乱的苦楚：从十几岁开始，战乱就迫使他离家漂泊。唐德宗贞元十五年（799）春，宣武军和彰义军节度使等先后叛乱，关中又遇旱荒，原本居住在河南新郑的白居易一家流落五地，分散在江西、浙江、安徽、陕西。第二年春，白居易在长安考中进士，旋即东归省亲，然而故乡饱经兵燹，兄弟姐妹天各一方，祖传的家业早已凋敝寥落。家，曾经是温暖和安慰的源头，而战乱使他和这一切都失去了联系。衣锦还乡没有让白居易感觉鼓舞，反而加重了他的孤苦凄惶。生于乱世、骨肉零落，每个人都成了分飞的孤雁、飘散的秋蓬，天地间充满了动荡不安的气氛，似乎只有夜空中的明月才是永恒的，一直为散落在天南地北的亲人送去清辉，引起思念的共鸣。

这首诗作于白居易的青年时期，杜甫中年以后的《月夜忆舍弟》的况味却与其相似：

〔明〕郭诩 《琵琶行图》

> 戍鼓断人行，秋边一雁声。
> 露从今夜白，月是故乡明。
> 有弟皆分散，无家问死生。
> 寄书长不达，况乃未休兵。

同样是生逢乱世的诗人，陆游早年的艰险更甚于白居易。他出生在宋徽宗宣和七年（1125），正是金兵大举入侵的一年，靖康二年（1127）就发生了汴京沦陷、北宋灭亡的"靖康之耻"。他的《三山杜门作歌》令人心惊：

> 我生学步逢丧乱，家在中原厌奔窜。
> 淮边夜闻贼马嘶，跳去不待鸡号旦。
> 人怀一饼草间伏，往往经旬不炊爨。
> 呜呼！乱定百口俱得全，孰为此者宁非天！

仅仅保全家人性命，在当时已经是天大的奇迹。没有经历过这种天崩地坼的人，恐怕无法想象陆游笔下的惊惶。王朝覆灭的悲剧，随着举家逃难路上的风声鹤唳一起，成为少年陆游不可磨灭的记忆。家国丧亡的创伤伴随了他的一生，既敦促着他谋求光复，"万里觅封侯，匹马戍梁州"，又使他不容于世，饱受"报国欲死无战场"的折磨。甚至在临终前，最令他无法忘怀的仍然是对家国的责任：

死去元知万事空，
但悲不见九州同。
王师北定中原日，
家祭无忘告乃翁。
《示儿》

这是一首写给自己儿子的绝笔诗，陆游袒露了他最后的心愿，人生一世转眼成空，只有一件事搁置不下。虽然至死都没有实现光复故土的壮怀，看不见九州一统，但他相信"王师"会有"北定中原日"，因此叮嘱儿子"家祭无忘告乃翁"。陆游毕生的热望由生前转向死后，由绝望的缝隙中生出希望，清代贺贻孙在《诗筏》里说它"率意直书，悲壮沉痛，孤忠至性，可泣鬼神"，而这一番忠荩之情，并没有写在呈给朝廷的遗疏遗表里，它只是说给儿子听的体己话，也是最真实痛切、无须矫饰的渴望。后人曾用陆游的《示儿》诗和抗金名将宗泽的遗言相比拟：宗泽临终不忘渡过黄河，收复中原，"连呼'过河'者三"（《宗史纪事本末·宗泽宋汴》），真正称得上至死不渝。

这样的强烈信念，曾经深藏在许多北宋遗民的心中。即使是被推为婉约词宗的李清照，也有过不输于陆游的壮怀率意：

生当作人杰，死亦为鬼雄。
至今思项羽，不肯过江东。
《夏日绝句》

北宋覆灭是李清照生命中的分水岭：一边是青春少艾、琴瑟和谐的前半生，另一边则是亡国丧夫之后漫长的暗夜。同时代的男子有感于家国的苦难，将光复故土视作自己的责任，身为女子的李清照又能如何呢？她不能像陆游和辛弃疾那样振臂呼喊，更没有楼船夜雪、铁马秋风的壮烈往事，她只能默默地承受起国与家的双重劫难，将整个时代的悲剧揉碎了咽下。她的才情不受闺阁的限制，在壮怀激烈以外，写出了另一种"哀感顽艳"的家国之思：

落日熔金，暮云合璧，人在何处？染柳烟浓，吹梅笛怨，春意知几许？元宵佳节，融和天气，次第岂无风雨？来相召，香车宝马，谢他酒朋诗侣。　　中州盛日，闺门多暇，记得偏重三五。铺翠冠儿，捻金雪柳，簇带争济楚。如今憔悴，风鬟霜鬓，怕见夜间出去。不如向，帘儿底下，听人笑语。

《永遇乐》

这首词是李清照晚年留寓临安所作，此时，南渡的宋室似乎已经习惯了江南的水乡，没有人想起他们先人曾经的艰难日子，也没有人愿意提及北方饱受煎熬的遗民。适逢元宵，人们经受了一个湿冷的寒冬，此时都感受到了春的气息，在这温暖融和的天气里相互召唤，簇拥着去看婵娟的月色和璀璨的灯火。恍惚间，仿佛靖康二年（1127）的悲剧已经过去很远了，世界又回到了旧日的繁荣。"中州盛日，闺门多暇"，"铺翠冠儿，捻金雪柳"，过去的记忆和眼前的景象重叠了起来。那时候,汴京城比之前任何一个朝代都更繁华,而她和赵明诚也年轻快乐,"赌书消得泼茶香",便是偶有几分闲愁,也是精致优渥的。

然而,李清照只叹息一句"人在何处",便和这似曾相识的盛景疏远起来。她似乎漫不经心地谢绝了相邀的亲友,只道是"如今憔悴,风鬟霜鬓,怕见夜间出去"。女词人早就失去了喧笑游乐的心绪:故都的珠玑罗绮在战火中化为焦土,可以依恋的家人也都先后死去,而她所有的青春和欢愉也随之被埋葬了。

李清照的词似乎并无一字提及国与家,而南宋末年的词人刘辰翁读了,却"为之涕下……每闻此词,辄不自堪"(刘晨翁《永遇乐》),相似的遭遇让他听到了管弦珠翠背后的哀音。为此,他也填了一首《永遇乐》,用的是李清照的口吻和意境,然而"悲苦过之":

> 璧月初晴,黛云远淡,春事谁主?禁苑娇寒,湖堤倦暖,前度遽如许。香尘暗陌,华灯明昼,长是懒携手去。谁知道,断烟禁夜,满城似愁风雨。　宣和旧日,临安南渡,芳景犹自如故。缃帙流离,风鬟三五,能赋词最苦。江南无路,鄜州今夜,此苦又谁知否?空相对,残釭无寐,满村社鼓。

当时,连江南的临安也已经陷落了,而元宵节又如期而至。李清照尚且能看到不减"中州盛日"的花灯,而到刘辰翁的时候,连这一点故国的景象都不复从前了:"断烟禁夜,满城似愁风雨",元军宵禁,想游玩亦不可得。太平光景如此匆遽,转瞬之间,已是天地翻覆,猛然追忆,真如隔世。他的困窘更甚于李清照,江南的战事尚未平息,刘辰翁家在庐陵,欲归不得:"江南无路,鄜州今夜,此苦又谁知否?"他怀念家中的亲人,不免想起杜甫当年被叛军所擒,在长安月夜中思念鄜州妻儿的名作:

>今夜鄜州月,闺中只独看。
>遥怜小儿女,未解忆长安。
>香雾云鬟湿,清辉玉臂寒。
>何时倚虚幌,双照泪痕干。
>《月夜》

国家处在风雨飘摇之中,远处的家人也断绝了音书,而天上偏偏是一轮圆月。它的清辉照亮过杜甫和李清照的思念,此时又映在刘辰翁的心中,引起他的忧思与怀想。岁岁年年,月圆月缺,唯其清光不减。在刘辰翁之前,它曾经触动过屈原的奇思和庾信的眼泪,辉映过岳家军的铁衣,以后,它还将照亮文天祥书写《正气歌》的纸笔,妆点于谦的祠堂,指引林则徐远赴边疆的旅途。

国有历朝,家逾百代,宫墙与碑碣都将风化剥蚀,唯有对家国的情思未尝断绝。这种思念无形无声,但每当陶菊再开,苏月重圆,羲和的车驾沉入崦嵫,细雨从渭城和巴山赶来,羌管的呜咽与白霜一同飘落,它就从我们心底醒来。

苟利国家生死以

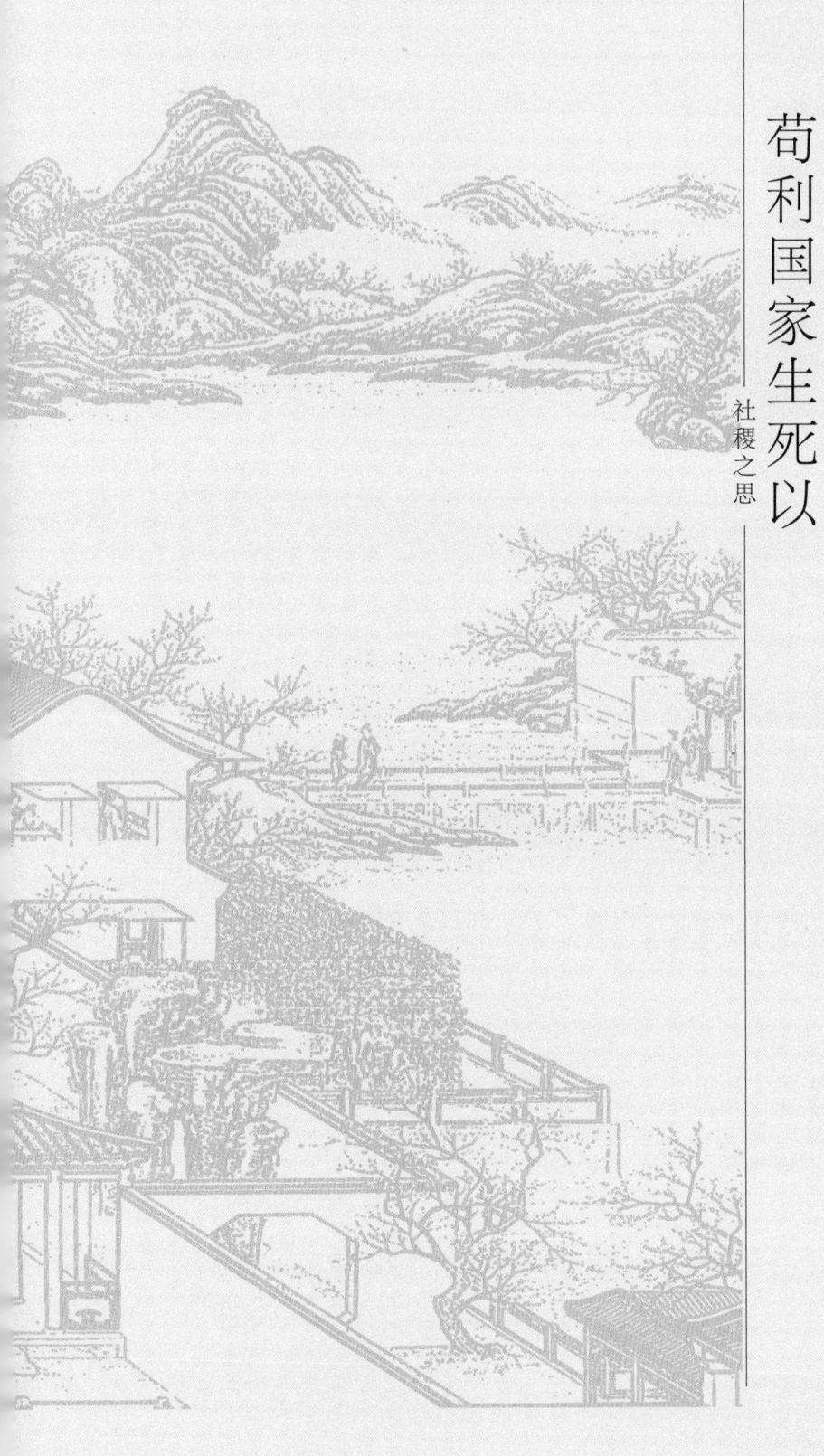

社稷之思

和现代观念中的"诗人""文学家"不同，古代中国的文人往往具有超乎笔墨文章以外的抱负，周敦颐《通书·文辞》里说："文所以载道也。轮辕饰而人弗庸，徒饰也，况虚车乎！"他们在文学中寄托了实现"道"的期许，而"诗"这一体裁，也很早就被赋予了"言志"的功能。因此，诗对于他们而言，并不仅是消遣怡情、风雅自命的闲趣，而更是作者政治理想的寄托。流传至今的诗歌里，对于"国事民瘼"的吟咏之作可以车载斗量，它们就像一部皇皇巨史，记录着时代歌哭，也是古代文人家国情怀的写照。

一、关注民生

郑板桥曾题诗说："衙斋卧听萧萧竹，疑是民间疾苦声。些小吾曹州县吏，一枝一叶总关情。"（《潍县署中画竹呈年伯包大中丞括》）对民生疾苦的关怀，是古人社稷之思中永恒的话题。古人学而优则仕，不代表他们从此就高高地凌驾于人民之上，相反，"为民请命"，正是读书人特有的骄傲和使命。《孟子·离娄下》里说："禹思天下有溺者，由己溺之也。稷思天下有饥者，由己饥之也，是以如是其急也。"大禹治水的时候，看到一个百姓溺水，就觉得是自己使得他溺水了；后稷教人们种田，看到一个百姓饿死，就觉得是自己令他饿死了。所谓"士当以天下为己任"，就是古代儒家的责任感。

在古人的社稷情怀里，对于农村和农民的关怀占了很大的比重。所谓"社稷"，追根溯源，社就是土神，稷就是谷神，农耕对于国家的重要性不言而喻。《礼记·祭统》里记载："天子亲耕于南郊，以共齐盛。"每年正月，天子要行亲耕的古礼，以示重农。国家就像一棵参天巨树，无论怎样开枝散叶，根底还是扎在土里。土地与人们如此亲近，即便是朝廷重臣、诗书仕宦之家，也与农家关联，就像《红楼梦》中的贾府，还会有刘姥姥这样的穷亲戚，而贾政走到稻香村，见了"菱荇鹅儿水，桑榆燕子梁"，也要被勾起归农之意。

当然，真正的农村生活并不永远是这样的田园牧歌。和农业的重要地位不甚相称的是，古代农民的生活十分艰辛，田里的稻黍稷麦春生夏长，秋收冬藏，农家人起早贪黑忙碌一年，才让这个人口稠密的国家得到饱足，而留给自己的所得却少得可怜。人们捧起饭碗的时候，不知能否记得这份艰辛？唐朝诗人颜仁郁写过一首《农家》诗："夜半呼儿趁晓耕，羸牛无力渐艰行。时人不识农家苦，将谓田中谷自生。"古代中国精耕细作的农业模式，需要消耗大量的劳力，农人一家老小加上一头羸弱的耕牛，不到天亮就开始劳动。倘若有人享受着农夫劳动的恩惠，却对农家的辛苦付出漠然不知，就是忘记了这个国家的根本。

　　孟子说："劳心者治人，劳力者治于人。"（《孟子·滕文公上》）古代读书人走上仕途之后，可以从国家那里领取俸禄钱粮，一般就无须直接参与农家的劳动了，但怀有良知的士子绝不会因此看不起田父村夫，相反，他们感念农人的汗水，更从此感到了自己责任之重。白居易观刈麦，看到人们"足蒸暑土气，背灼炎天光。力尽不知热，但惜夏日长"，又听到饥妇人的哭诉："家田输税尽，拾此充饥肠。"农民的劳作如此艰辛，所得的收获却多半入了官仓，连勉强维持温饱也不够，对此他感到深深的内疚："今我何功德？曾不事农桑。吏禄三百石，岁晏有余粮，念此私自愧，尽日不能忘。"（《观刈麦》）白居易在为官生涯里，心中时常被这种歉疚感占据，即使新制一件棉袄，也会想起百姓的饥寒："百姓多寒无可救，一身独暖亦何情。心中为念农桑苦，耳里如闻饥冻声。"（《新制绫袄成，感而有咏》）

　　田野上劳作的人用血汗供奉了庙堂之上的官吏，倘若他们对农夫的辛苦多一丝恻隐，也许就会少几个尸位素餐之徒。顾随说，他最不喜欢黄庭坚的一句"看人获稻午风凉"（《新喻道中寄元明用觞字韵》），说黄庭坚"不独如世所谓严酷少恩，而且几乎全无心肝。获稻一事，头上日晒，脚下泥浸，何等辛苦？'午风凉'三字，如何下得？可见他是看人，假使亲手获稻，还肯如此写，如此说么？"（《苏辛词说》）即便不是自己获稻，也应当对农人的辛苦抱有一点感激。古代文人多数不会像陶渊明一样，亲自去"晨兴理荒秽"，但他们对农夫的同情是很普遍的，譬如唐末聂夷中的《田家》：

> 父耕原上田，子劚山下荒。
> 六月禾未秀，官家已修仓。
> 二月卖新丝，五月粜新谷。
> 医得眼前疮，剜却心头肉。
> 我愿君王心，化作光明烛。
> 不照绮罗筵，只照逃亡屋。

《唐诗别裁集》评论这首《田家》，说它可以和柳宗元的《捕蛇者说》相匹敌。唐末的农村怪象频生：六月禾苗还未开花，地方官就开始建造、修理仓库准备收取钱粮租税了。二月蚕种始生，五月秧苗始插，如何会有丝可卖、有谷可粜？这种事情，叫作"卖青"——农作物尚未长成，就要先拿去抵偿各种苛捐杂税，而来年的生计又要去哪里讨呢？明知道是"剜肉补疮"，也只能忍痛救急。地方官只图自己的政绩，却对农民的艰辛毫无体恤之心。诗人痛心疾首，又束手无策，只能发于歌咏，祈求天子圣明、多体恤一点民生的疾苦。白居易主导的新乐府运动，也正是怀着这种"惟歌生民病，愿得天子知"（《寄唐生》）的初衷。

其实说到底，他们殷殷期待的天子何尝不是这场掠夺的共谋？李绅说："四海无闲田，农夫犹饿死。"（《悯农》其一）农夫以汗水浇灌禾苗，所得的收成却不归自己，因为"普天之下，莫非王土"，他们的收获就被理直气壮地夺走。也许国家收取的租税还能够承受，地方官一层层盘剥下来，才压得他们越发喘不过气。农民普遍贫困，享有特权的人袖手无为，却取走了大部分的收成。这种分配不公，在古代农业中十分普遍，因此也成为诗歌中长期咏叹的主题。在《诗经》里，人们就颇有愤懑之词："不稼不穑，胡取禾三百廛兮？不狩不猎，胡瞻尔庭有县貆兮？"在唐代张籍的《野老歌》里，则是：

老农家贫在山住，耕种山田三四亩。
苗疏税多不得食，输入官仓化为土。
岁暮锄犁傍空室，呼儿登山收橡实。
西江贾客珠百斛，船中养犬长食肉。

贫农家住深山，耕种的仅是山间三四亩薄田，但官府收租的手还是伸向了这个偏僻的角落，真是"任是深山更深处，也应无计避征徭"（杜荀鹤《山中寡妇》）。官府的搜刮无孔不入，非但不会放过深山的薄田，就连没有耕地的贫农在湖上种一点菱角，也能巧立名目地当成耕地来收租："采菱辛苦废犁锄，血指流丹鬼质枯。无力买田聊种水，近来湖面亦收租。"（范成大《夏日田园杂兴》其十一）收成扣除了租税，剩下的连糊口也不够，官仓里却相反：收来的粮食堆积日久，都化成了土灰。不仅男子耕作的成果被官府掠夺，平民妇女桑蚕纺织所得，也躲不过相似的结局，白居易《秦中吟》之《重赋》记录道："昨日输残税，因窥官库门。缯帛如山积，丝絮似云屯。号为羡余物，随月献至尊。夺我身上暖，买尔眼前恩。进入琼林库，岁久化为尘！"

平民百姓耕织一年，即便风调雨顺，所得不过温饱，有些地方官吏为求高升，竟然把这一点绵薄的收成称为"羡余物"搜刮了来，献给皇帝求取恩宠。对这种赤裸裸的掠夺和不公现象，"食君禄，忠君事"的古代文人颇觉得刺眼。"居庙堂之上则忧其民"，这是古代士人的良心和责任使然，这种良知使他们不甘于醉生梦死，而要清醒地睁眼去看底层的生活，并为人民的疾苦而振臂发声。

二、匡正时弊

古代的租税徭役常令百姓苦不堪言。正当的税收本是国家职能的一部分，若是取用有度，国家也能因此长治久安。但在国家的正常赋税之外，一些人为了自己的富贵高升，巧立名目、横征暴敛，耗费民力巨大，则对于国计民生毫无裨益。针对社会上巧立名目的掠夺，白居易《重赋》诗中讽刺道："厚地植桑麻，所要济生民。生民理布帛，所求活一身。身外充征赋，上以奉君亲。国家定两税，本意在忧人。厥初防其淫，明敕内外臣：税外加一物，皆以枉法论。奈何岁月久，贪吏得因循。"

白居易的讽喻诗，对于这样的掠夺者有过不少尖锐讽刺，他主张"文章合为时而著，歌诗合为事而作"（《与元九书》），在诗歌里贯彻着"疾贪吏""活疲民""念寒隽"的理念。白居易以诗歌为汤药，试图疗救时代的弊病。例如他的《黑潭龙》一诗，曾经对当时的贪吏勾结巫师，以"神龙"为名欺瞒掠夺百姓的行为进行了揭露：

> 黑潭水深黑如墨，传有神龙人不识。
> 潭上架屋官立祠，龙不能神人神之。
> 丰凶水旱与疾疫，乡里皆言龙所为。
> 家家养豚漉清酒，朝祈暮赛依巫口。
> 神之来兮风飘飘，纸钱动兮锦伞摇。
> 神之去兮风亦静，香火灭兮杯盘冷。
> 肉堆潭岸石，酒泼庙前草。
> 不知龙神享几多，林鼠山狐长醉饱。
> 狐何幸，豚何辜，年年杀豚将喂狐。
> 狐假龙神食豚尽，九重泉底龙知无？

乡民们传说，这黑潭底下有"神龙"，能决定一年里的旱涝和收成。而当地的官员则利用人们对"神龙"的敬畏，在黑潭上立起祠庙，将这不见首尾的"龙"捧上了神坛。无论是庄稼年成，还是水旱灾疫，都一概算到"神龙"的头上，让百姓供奉猪肉清酒，名为祭祀"神龙"，实为中饱私囊，正是"不知龙神享几多，林鼠山狐长醉饱"。一旦借了为官威势，这些人就把百姓当作可以任意宰割的猪狗，白居易在末句质问道："狐假龙神食豚尽，九重泉底龙知无？"潭底的"龙"是故弄玄虚，这样胡作非为的官员是假借了"真龙天子"的威势才得以横行，天子失察和无所作为，恐怕才是这种罪恶的根源。

这样因为皇家默许或者失察而滋生的掠夺，还有中唐以来著名的"宫市"。唐德宗贞元年间，皇宫中所需物品的采购权被宦官抓到手里，他们专权横行，常在长安市集上低价强购货物，甚至分文不给，还向百姓勒索"门户钱""脚价钱"。韩愈的《顺宗实录》就曾记载：一个农夫背着柴进城叫卖，却被一个打着"宫市"名头的宦官强买，仅付给他几尺绢作为货款，这还不算，宦官还向农民勒索"门户钱"，执意要牵走农民的驴运柴入宫，即使农民哭泣求饶，宁愿把绢交还，宦官也不予理睬。韩愈一针见血地指出："名为宫市，而实夺之。"（《宫市》）陈寅恪在《元白诗笺证稿》中也写道："宫市者，乃贞元末年最为病民之政。"这样的弊政虽然屡屡受到谏官的批评，却最多惩治几个"惹事"的宦官，并不革除。

白居易的《卖炭翁》一诗，对这种"宫市"弊政做了尖锐的揭露：

卖炭翁，伐薪烧炭南山中。
满面尘灰烟火色，两鬓苍苍十指黑。
卖炭得钱何所营？身上衣裳口中食。
可怜身上衣正单，心忧炭贱愿天寒。

夜来城外一尺雪，晓驾炭车辗冰辙。
牛困人饥日已高，市南门外泥中歇。
翩翩两骑来是谁？黄衣使者白衫儿。
手把文书口称敕，回车叱牛牵向北。
一车炭，千余斤，宫使驱将惜不得。
半匹红绡一丈绫，系向牛头充炭直。

从"卖炭得钱何所营？身上衣裳口中食"来看，这个老翁大概不是趁农闲贴补家用而烧炭贩卖，他没有自己的田地，所有的衣食来源都靠着辛苦烧炭卖炭勉力维持。"可怜身上衣正单，心忧炭贱愿天寒"，卖炭之人得不到丝毫温暖，在寒冬中瑟瑟发抖，类似的怪现象在古代俯拾皆是："垅上扶犁儿，手种腹长饥。窗下投梭女，手织身无衣。"（于濆《苦辛吟》）"遍身罗绮者，不是养蚕人。"（张俞《蚕妇》）"陶尽门前土，屋上无片瓦。十指不沾泥，鳞鳞居大厦。"（梅尧臣《陶者》）种地的男子食不果腹，织布的女子衣不蔽体，养蚕人穿不起罗绮，建筑工住不起大厦，劳动者得不到应有的报偿，而权贵们的生活却日益奢靡，两者的生活境遇有着天渊之别。

卖炭翁虽不是交租纳粮的农夫蚕妇，但他的遭遇并不比农夫更幸运。他在长安市集上叫卖了一天，牛和人都已经饥寒困乏，正准备在南门外的泥地上歇息一阵，却迎面来了两个黄衣白衫的宦官，他们看到卖炭老翁，就展开一张文书，口里宣称皇帝的敕令：宫中需要木炭取暖。老翁作为一介平民，非但不能讨价还价，只怕还得磕头谢恩。两个宦官堂而皇之地牵走牛车，把炭送进皇宫。他们只付给老人半匹红纱一丈绫,就把一车千余斤的木炭"买"下,这是远低于市价的报酬,几乎等同于白取。

其实对于宫里的皇帝来说,即便未必是"鼎铛玉石,金块珠砾",这一车炭的价钱也何尝值得什么呢?可对这个伐薪烧炭的老翁来说,这一车炭就是生活的全部来源和希望。木炭被强买,老人这一冬的"身上衣裳口中食",再向哪里讨取呢?这样令人绝望和不平的现实,实在令观者下泪,闻者痛心。

中唐以后的衰落不是没有理由的:天宝年的刀兵刚刚停息,躲避战火的难民还在远离家乡的地方流浪,战场上的白骨也还没有掩埋,而朝堂上已经重新奏起管弦,达官显贵们巧取豪夺,奢靡享乐之风盛行,丝毫不问民间疾苦。当时的贫富差距如此悬殊,地方官还"每假进奉,广有诛求"(白居易《论裴均进奉银器状》),时常巧立名目,以"进奉"的名义搜刮民脂民膏,白居易对他们的行径十分不齿,他的《红线毯》便对这一类现象做了讽刺:

红线毯,择茧缲丝清水煮,拣丝练线红蓝染。
染为红线红于蓝,织作披香殿上毯。
披香殿广十丈余,红线织成可殿铺。
彩丝茸茸香拂拂,线软花虚不胜物。
美人踏上歌舞来,罗袜绣鞋随步没。
太原毯涩毳缕硬,蜀都褥薄锦花冷。

不如此毯温且柔，年年十月来宣州。
宣城太守加样织，自谓为臣能竭力。
百夫同担进宫中，线厚丝多卷不得。
宣城太守知不知？一丈毯，千两丝。
地不知寒人要暖，少夺人衣作地衣！

　　纯用蚕丝织就的地毯，即使放在物资丰富、生产发达的当代社会，也算得上一件奢侈之物，何况在古时候，全凭手工匠人择茧缫丝、拣丝练线、染色织毯，耗费十几道精细的工序才织成一张地毯，这地毯的用处是什么呢？"披香殿广十丈余，红线织成可殿铺。……美人踏上歌舞来，罗袜绣鞋随步没。"披香殿是汉代的宫殿名，汉成帝的皇后赵飞燕曾在此轻歌曼舞，翩然如仙，这柔软的丝毯正与美人的罗袜绣鞋相宜。皇帝沉湎于歌舞宴乐，连美人足下的地毯都极尽奢华：太原毛毯、蜀都锦褥，本都是毯中上品，但在皇家的挑剔眼光看来，一则生涩僵硬，一则冰凉单薄，都不如这宣城的丝毯温暖柔软，最适宜大殿上的歌舞升平。

　　一个地方的特产，本来是自然恩赐和人们辛勤劳作的结晶，值得当地人为之自豪。但它不幸被皇帝看中，成了当地人民的沉重负担。宣城太守把进贡丝毯视为自己升迁的良机。他将出产的地毯又新做花样，加厚质地，自夸"为臣能竭力"，殚精竭虑只为了博得皇上欢心，却不顾为此要耗费多少民力。

　　织成红毯尚且如此艰难，进奉入宫又是好一番折腾：因为红毯"线厚丝多卷不得"，竟然需要上百个民夫一起担着，展平了从宣城运到京师。且不说古代交通不便，这种奇特的运送方式恐怕连骑马代步也困难。由宣州到长安千里之遥，一路上跋山涉水，风餐露宿，又要保护红毯不受日晒雨淋，个中艰辛，实在令现代人难以想象。白居易知道这红毯背后的辛酸故事，不由得感到痛心疾首，他激烈地批评道："宣城太守知不知？一丈毯，千两丝。地不知寒人要暖，少夺人衣作地衣！"

劳动者负担沉重而收获微薄，与此同时，贵族却极尽追求奢侈品。中唐的奢靡风气在上层社会流行，与之形成对比的却是民生的凋敝，这种差距时常令白居易感到痛惜，他的《秦中吟·买花》写了另一种长安城中的奢侈风尚："灼灼百朵红，戋戋五束素。"牡丹国色天香，花开时节动京城，富人们追捧牡丹名种，为之一掷千金，但真正买单的却是向他们交租纳税的农民。朴实的农民大概不能理解这种雅兴："有一田舍翁，偶来买花处。低头独长叹，此叹无人谕。一丛深色花，十户中人赋！"一丛深色的牡丹花，竟然价值十户中等人家的赋税。"牡丹倾国"一语，既令人心迷神醉，也令人为之心惊，就像宋朱淑真的《牡丹》诗说的："娇娆万态逞殊芳，花品名中占得王。莫把倾城比颜色，从来家国为伊亡。"

这样的"雅好"，不知凝结了多少户人家的血汗。这样的奢侈品在唐朝还有另一个著名的案例：荔枝。它生于岭南，滋味甘甜多汁，但极不容易保存，北方人要吃到新鲜荔枝是颇费周章的。为了让杨贵妃吃上新鲜荔枝，运送的使者一路策马疾驰，好让送上贵妃案头的荔枝仍是"风枝露叶如新采"（苏轼《荔枝叹》）。杜牧对此写过著名的《过华清宫》："一骑红尘妃子笑，无人知是荔枝来。"这句诗流传甚广，以至于"妃子笑"成了一种上品荔枝的芳名，原本的讽刺色彩则日益淡薄。苏轼流放岭南，品尝到这种鲜美的佳果，先是赞不绝口，继而也想到了前朝故事，他写下了一首《荔枝叹》，诗中说道：

> 我愿天公怜赤子，莫生尤物为疮痏。
> 雨顺风调百谷登，民不饥寒为上瑞。

为了天下苍生的福祉，苏轼这个美食家也不惜割舍口腹之享，希望上天不要出产这样的奇珍。荔枝固然鲜甜可喜，但和天下百姓的生计比起来，又何足道哉？苏轼的感叹，不仅仅是一种怀古幽思，喜欢荔枝的杨贵妃已经在马嵬坡自缢，唐朝的历史也早已翻篇，他叹息着类似的故事还是在宋朝重演着，只是把朝贡的荔枝换成了别的新鲜花样："君不见，武夷溪边粟粒芽，前丁后蔡相宠加。争新买宠各出意，今年斗品充官茶。吾君所乏岂此物，致养口体何陋耶？洛阳相君忠孝家，可怜亦进姚黄花。"

所谓"武夷溪边粟粒芽"，就是上品的武夷茶，宋朝君臣嗜茶如命，宋徽宗赵佶在《大观茶论》里对当时茶艺之精、品茶风气之盛颇为自豪："采择之精，制造之工，品第之胜，烹点之妙，莫不盛造其极。"武夷茶是北苑贡茶的一部分，苏轼之弟苏辙说："北苑茶冠天下，岁贡龙凤团。"（《凤咮石砚铭》）福建的官员为了讨皇帝欢心，争相斗品武夷山的名茶，范仲淹写过《和章岷从事斗茶歌》："北苑将期献天子，林下雄豪先斗美。……斗

苟利国家生死以

41

〔宋〕刘松年《斗茶图》

茶味兮轻醍醐，斗茶香兮薄兰芷。"斗出来最上品的茶叶自然要作为贡品，快马加鞭地送到汴京的皇城中去。而所谓"前丁后蔡"，前者指的是曾在福建做官的丁谓，他在任上专意制作龙凤团茶进贡天子，以"早、快、新"的特点博得了赏识，正是"建安三千里，京师三月尝新茶"（欧阳修《尝新茶呈圣俞》）；后者则是以书法闻名后世的蔡襄，他曾出意造"密云小团"作为贡物，一个半两的茶饼价值黄金二两，他自己作诗形容过这种名茶之妙："屑玉寸阴间，抟金新范里。规呈月正圆，势动龙初起。焙出香色全，争夸火候是。"（《北苑十咏·造茶》）

丁、蔡诸人借助在福建为官的便利，以贡茶位显。出自被誉为"洛阳相君忠孝家"的钱惟演，见丁谓位高权重，意欲与他结为姻亲，洛阳无名茶，却有名动天下的牡丹，钱惟演就设立驿站，向宫廷进贡牡丹中的珍品"姚黄花"，开了贡花的先例。这些争宠献媚的官员，把迎合皇帝的口体之欲作为晋升的"终南捷径"，如何还会顾及百姓的死活？

到了现代社会，这些宣城毯、武夷茶、姚黄花也仍然是贵重之物，但毕竟不再是皇室专用的"贡品"，小富之家也消费得起了。不过，某些古代的享乐方式则纯粹是时代的产物，已经随着历史的推移而销声匿迹，现代人非但无福消受，只怕想一想也会摇头咋舌——在古代的湖南道州，有一种奇特的"贡品"，既非金银珠宝，也非草木禽鱼，而是活生生的人："道州民，多侏儒，长者不过三尺余。市作矮奴年进送，号为道州任土贡。任土贡，宁若斯？不闻使人生别离，老翁哭孙母哭

儿。"（白居易《道州民》）

这种用"侏儒"当贡品的恶劣传统，据说起源于隋炀帝的时候。当年道州附近出了一个叫王义的小矮人，擅长插科打诨，隋炀帝见他伶俐逗趣，十分喜欢，就整天带他在身边取乐。道州的一些地方官为了迎合"上意"，竟然说当地出产这样的"矮奴"，把道州人民当成礼物进贡给皇帝，还美其名曰：这就是《尚书·禹贡》说的"任土作贡"。可怜那些被卖进宫里的"矮奴"都还是小孩子，他们与父母生离死别，哭声震天。道州地方官为了博取皇帝欢心，竟然做出这样丧尽天良的事情，白居易感到非常愤慨。这种残忍的"进贡"年年都在进行，从隋朝一直沿袭到中唐，直到一位叫阳城的官员来道州当刺史，才彻底废除了这种制度："一自阳城来守郡，不进矮奴频诏问。城云臣按六典书，任土贡有不贡无。道州水土所生者，只有矮民无矮奴。吾君感悟玺书下，岁贡矮奴宜悉罢。道州民，老者幼者何欣欣。父兄子弟始相保，从此得作良人身。道州民，民到于今受其赐，欲说使君先下泪。仍恐儿孙忘使君，生男多以阳为字。"（白居易《道州民》）

阳城到了道州，不再给朝廷进贡"矮奴"，宫里频频发来诏书，责问他为何不再进贡。阳城据理力争说："根据《唐六典》，进贡要根据当地土地肥瘠，量力而行。道州水土所生的人民虽然身材小，但都是大唐子民，不是什么'矮奴'。拿'任土作贡'作为进贡'矮奴'的理由，显然是不合适的。"皇帝看了阳城的奏疏，也认为他说得有理，就下令废除了"岁贡矮奴"的恶法。道州的百姓闻听，无不欢天喜地，奔走相告：从今以后，一家老小终于可以保全，从此不再做奴隶了。他们感激阳城的仗义执言，每次说起他，还没开口就先掉下感动的眼泪，他们唯恐后代忘记了这位为民请命的好官，以后生了男孩，都常用他的姓"阳"来起名。

古诗中记录的这种种奇风陋俗，使今人读来也为之唏嘘，感于古代吏治之黑暗、民生之艰难，同时也有感于这些不顾自身安危、时刻为百姓忧心的正直之士。这种为民请命的信念，使得"士大夫"有别于"官僚"，也使得底层民众的世界里多了几分光明和希望，令他们即使处在漫长的暗夜，也可以相互扶持着前行。

三、救亡图存

晚清时期，中国面临"千年未有之大变局"，与司空见惯的"改朝换代"不同，这次人们所面临的不再是一家一姓的兴亡，而是整个国家和民族在世界上的生死存亡：在席卷全球的殖民浪潮之下，中国民众受到的掠夺比任何一个朝代都更严重。在西方的坚船利炮之下，"社稷兴亡"在此时显得比任何一个朝代都更复杂。为了挽救民族的危机，晚清的许多有识之士不惜"上穷碧落下黄泉"（白居易《长恨歌》），去追寻救国的良方，为自己的民族在暗夜和蛮荒之中劈开一条生路。

清朝末年，英国向中国走私鸦片，使得中国大量白银外流、国民体质羸弱。为了遏制鸦片流毒，林则徐在虎门主持销烟，对鸦片贩子采取强硬态度。英国以此寻衅，点燃了第一次鸦片战争的炮火。清政府一再战败，却将战败归咎于林则徐，将他流配到遥远的新疆。林则徐在西安告别送行的家人，并吟诗一首：

> 力微任重久神疲，再竭衰庸定不支。
> 苟利国家生死以，岂因祸福避趋之。
> 谪居正是君恩厚，养拙刚于戍卒宜。
> 戏与山妻谈故事，试吟断送老头皮。
>
> 《赴戍登程口占示家人》其二

"苟利国家生死以，岂因祸福避趋之"一句，足可以脍炙人口。《左传》记载，郑国的子产执政，意欲有所改革，遭到一些人的反对，子产坚持说："苟利社稷，生死以之。"林则徐深深服膺子产的胆识，身为晚清重臣，他要放下几千年来"天朝上国"的傲慢，在清王朝闭目塞听的大环境下，去主动了解西方国家的情况，绝不是一件容易的事情，堪称"中国近代开眼看世界的第一人"。不过，林则徐作为一个科举出身的士大夫，他的知识储备和精神气质都来自古老的中国，而当时世界局势的发展又远远地超出了一般国人的认知。受到历史客观条件的局限，林则徐的一己之力并不能挽救晚清王朝的国运，但他打击鸦片贸易的强硬态度，以及在抵御外侮时表现出的民族气节，受到了后人广泛的传颂。

从林则徐的诗里，也能看出他的传统文人气质，在被革职发配后，他还能"不以物喜，不以己悲"，他跟妻子笑谈起宋人的故事：宋真宗听说隐者杨朴善于诗文，就把他召来，问道："这趟前来，可有人作诗送卿？"杨朴巧妙答道："臣的妻子曾作诗一首：更休落魄耽杯酒，且莫猖狂爱咏诗。今日捉将官里去，这回断送老头皮。"宋真宗大笑，把杨朴放还回家。当年苏轼遭人诬陷下狱，妻子哭着送他出门，苏轼却对她幽了一默："子独不能如杨处士妻作一首诗送我乎？"妻子不禁破涕为笑。

林则徐和苏轼一样，都有一种逆境中的乐观，他还在《赴戍登程口占示家人》其一中说：

出门一笑莫心哀，浩荡襟怀到处开。
时事难从无过立，达官非自有生来。
风涛回首空三岛，尘壤从头数九垓。
休信儿童轻薄语，嗤他赵老送灯台。

林则徐落难，他的政敌们弹冠相庆，诅咒他此去新疆是"赵老送灯台，一去更不来"。但林则徐并不介怀，甚至把这恶毒的诅咒戏谑地写进诗里，只当作一个蹩脚的笑话。

林则徐的乐观并不只用在吟诗作赋上，他到了新疆，并没有因自己在仕途上受到挫折而心灰意冷，他也像苏轼在惠州、儋州一样，踏踏实实地为百姓办起了实事。林则徐在吐鲁番开凿坎井，把大片荒野变成沃土，又用广东福建的柳树种植成林，挡住了沙漠的狂风，还利用吐鲁番出产的棉花，教当地民众纺纱织布。看到新疆的面貌大为改观，林则徐欣慰地写了一首《回疆竹枝词》："桑葚才肥杏又黄，甜瓜沙枣亦糇粮。村村绝少炊烟起，冷饼盈怀唤作馕。"从这首竹枝词里，能读出一种发自内心的喜悦，想必对林则徐而言，南疆的耕织就跟在海上抵御外侮一样，即使境遇不同，也皆是为国为民，有什么值得怨恨的呢？

林则徐对他的命运毫无怨言，但对于清王朝来说，将国之利器弃置不用，无异于自毁长城。林则徐离去后，继任的琦善废弃了他布下的水师重炮，改向求和，把香港割让给了英国。消息传来，神州失色，晚清诗人黄遵宪几次途径香港，目睹故土上飘扬着英国的旗帜，感到触目惊心："水是尧时日夏时，衣冠又是汉官仪。登楼四望真吾土，不见黄龙上大旗。"（《到香港》）这仅仅是一个开头，尔后的鲸吞蚕食，更不胜枚举。"家国沦丧"四个字，很是刺痛了晚清以来的中国人。诗人眼睁睁看着"割地赔款"，无不感到痛心疾首。

败于西方列强倒还罢了，从前一直学习中国的日本随着明治维新而崛起，随后也加入瓜分中国的行列，甲午海战一败，台湾被割让给日本，使得以"中华上国"自居的国民感到巨大的震动：

春愁难遣强看山，往事惊心泪欲潸。
四百万人同一哭，去年今日割台湾。

丘逢甲《春愁》

海外列强虎视眈眈，而朝中君臣却犹自痴迷于宫闱之内的缠斗，把国家民族的危亡抛于脑后。早在春秋时期，鲁国的曹刿就感叹过："肉食者鄙，未能远谋。"（《左传·庄公十年》）跟那些居于高位，却对时局毫无洞察的达官贵人不同，有一些心系家国的人已经睁开了双眼：

> 千声檐铁百淋铃，雨横风狂暂一停。
> 正望鸡鸣天下白，又惊鹅击海东青。
> 沉阴曀曀何多日，残月晖晖尚几星。
> 斗室苍茫吾独立，万家酣睡几人醒？
>
> 黄遵宪《夜起》

黄遵宪被誉为"近代中国走向世界第一人"。他写这首《夜起》的时候，正值光绪二十七年（1901）《辛丑条约》签订。黄遵宪被夜间的暴雨惊醒，听到屋下的檐马相撞，发出杂乱的声音，他想起当前的国事，也正像这晚的"雨横风狂"一般。当时，八国联军刚刚撤去，人们满心以为黑夜终于过去，却被无情的现实又一次打击了，"又惊鹅击海东青"。"鹅"是"俄"的谐音，海东青则是产于中国东北的雕。元人杨允孚的《滦京杂咏》写过："新腔翻得凉州曲，弹出天鹅避海青。"海东青这样的猛禽，此时也失魂丧魄，被北面的沙俄欺侵掠夺。中国的悲惨命运，还要延续到几时呢？黄遵宪仰望残月疏星，伫立斗室，忧愤不能入睡，而门外的神州大地还在沉沉入梦。这种"众人皆醉我独醒"的情景，怎不令他这样的志士感到忧愤？

黄遵宪曾经把目光投向东洋，同样是东亚国家，日本明治维新的成功对他产生了强烈的震撼。黄遵宪担任驻日参赞的时候，仔细地考察过日本的历史和现状，写成了一系列《日本杂事诗》，试图从日本的经验里探寻出一条救亡图存的道路。1848年，美利坚的"黑船"造访日本，引起了日本朝野的震动，黄遵宪把这段历史写进诗里："鳄吼鲸呿海夜鸣，捧书执耳急联盟。群公衮衮攘夷策，独幸尊王藉手成。"当时执政的德川幕府束手无策，内忧外患之下，日本的许多有识之士举起"尊王攘夷"的大旗，迫使德川幕府把大政归还给天皇，为明治维新铺平了道路。对于他们的壮举，黄遵宪很是倾慕：

> 叩阍哀告九天神，几个孤忠草莽臣。
> 断尽臣头臣笔在，尊王终赖读书人。

黄遵宪对源光国、高山彦九郎、蒲生秀实这些维新的先行者很是推崇。他认为，日本的攘夷志士能够不畏当局的刀斧取得最后的成功，也和中国文化"舍生取义"的渊源有关："攘夷议起，哗然以尊王为名，一倡百和。幕府严捕之，身伏萧斧者，不可胜数。然卒赖以成功，实汉学之力也。"

除了介绍日本的维新，黄遵宪还格外留心日本引进的西方新鲜事物，他的《日本杂事诗》，记录了大量的西式器物，先用诗歌描摹其名状，再用短文加以说明，其中"师夷长技以制夷"的意图不言而喻，西方的风物也借此进入了中国诗的视野之内。

且看他写日本的报业：

> 欲知古事读旧史，欲知今事看新闻。
> 九流百家无不有，六合之内同此文。

写纸币：

> 闻说和铜始纪年，孔方渐变椭成圆。
> 通神使鬼真能事，土价如金纸作钱。

写日本的海陆军制：

> 中将登坛妙指挥，宫妃鹄立亦戎衣。
> 连环拐马连珠炮，更请君王看一围。

写消防局：

> 照海红光烛四围，弥天白雨挟龙飞。
> 才惊警枕钟声到，已报驰车救火归。

这种以西方新奇事物和技术入诗的方法，一度在晚清学人之间十分流行。像严复描写欧战之激烈、武器之新奇："洄漩螺艇指潜渊，突兀奇肱上九天。长炮扶摇三百里，更看绿气坠飞鸢。"其中的潜艇、飞机、炮弹、毒气，对于只有冷兵器装备的中国军队来说，大概是前所未见的奇景。诗人们不但记录新鲜器物，也将西方的科学理论引入诗里，像曾纪泽《八月十五日夜森比德堡对月》中的"冰轮何事摇沧海，去作长天万顷涛"，用万有引力定律解释了月亮引起大海潮汐的现象，这样的新奇理论在前代的咏月诗里也是闻所未闻的。

不过，这些诗尽管敏锐地捕捉到了当时的新奇事物，却少了几分诗的韵味。也许在晚清的人看来，还有几分"开眼看世界"之初的新鲜感，到了今天，这些西方事物早就司空见惯，这些诗也就不再值得称奇，比起唐诗宋词"不废江河万古流"（杜甫《戏为六绝句》其二），它们的"保鲜期"相当短暂。这大概是一种文化的水土不服：西方的发明在晚清大量涌进中国，但多数只是被视为一种新奇之物，还没有真正得到文化心理上的认同。这些题咏西方事物的诗人里，黄遵宪相对出色，他对于西方事物较为开明，能够用西方事物写中国诗而不留痕迹。如说照相："开函喜动色，分明是君容。自君镜奁来，入妾怀袖中。"（《今别离》）再如说东西半球时差："恐君魂来日，是妾不寐时。妾睡君或醒，君睡妾岂知。"（《今别离》）不过，虽然黄遵宪题咏的对象都是新的，诗的内核却还是旧诗的气质，只是借照相技术和东西半球时差来写古诗中常见的闺怨。钱钟书在《谈艺录》中批评黄遵宪的这一点，说他："差能说西洋制度名物，掎摭声光电化诸学，以为点缀，而于西人风雅之妙、性理之微，实少解会。故其诗有新事物，而无新理致。"

这些西方舶来品的出现，固然给暮气沉沉的紫禁城带去了一点新鲜的气息，但当时的清王朝痼疾已深，"师夷长技以制夷"的药方，并没能撼动问题的根本，也没能挽救这个古老帝国的衰亡。中日甲午海战中，北洋海军全军覆没，原本的"师夷长技"口号也渐渐地不被人提起，人们开始探寻新的出路。

1895年，《马关条约》议定的消息传到北京。这个节点上，正好遇上各地举人上京会试，两个来自广东的举人康有为、梁启超听闻这个消息，感到心痛如割。这些正当年轻的举人不甘于默默承受屈辱，彼此联络、鼓吹，将众人的呼吁集结起来，写成联名请愿书，要求"拒和，迁都，变法"，这就是震动一时的"公车上书"。这些年轻的举人并非是一时意气，他们在十年寒窗的岁月里，就已经敏锐地感受到了国家命运的变化。早些年，邓承修主持中法勘界，与法国人据理力争，却遭到清政府的打压撤换，康有为听到消息，满含悲愤地给邓承修寄去一首七律：

> 山河尺寸堪伤痛，鳞介冠裳孰少多？
> 杜牧罪言犹未得，贾生痛哭竟如何！
> 更无十万横磨剑，畴唱三千敕勒歌。
> 便欲板舆长奉母，似闻沧海有惊波。
>
> 《闻邓铁香鸿胪安南画界撤还却寄》

祖国山河被鲸吞蚕食，而他作为处于"江河之远"的一介书生，又能有多少作为？晚唐杜牧一生沉沦下僚，仍然心忧国事，将整治藩镇割据的策论写成一篇《罪言》，因为"国家大事，牧不当言，言之实有罪"。而西汉贾谊遭到妒忌排挤，被贬黜到长沙，他的无伦才调都在寂寞中被荒废掉，只能痛哭终日，抑郁而终。子曰："不在其位，不谋其政。"（《论语·宪问》）可惜杜牧和贾谊虽然满怀才情抱负，却始终没遇上和他们的才华相匹配的"位"，年轻的康有为也和他们当年一样急不可耐，想要早日冲破眼前狭小的樊笼，为他满目疮痍的国家做一块补天之石。

1898年，康有为似乎终于得到了一展宏图的机会，他得到光绪帝的召见，得以纵论胸中谋划，然而维新变法伊始，就已经笼罩了一层阴云：康有为面见光绪的前一天，极力支持维新的帝师翁同龢却被慈禧斥逐，这无疑是为了给维新派一个下马威。康有为写下《怀翁常熟去国》一诗，抒发了对翁同龢的叹惋，也曲折地吐露了对国家前途的隐忧："早携书剑将行马，忽枉

〔清〕杨鹏秋　《康有为像》

轩裳特执裾。深惜追亡萧相国，天心存汉果何如？"

　　他的忧心成了现实：维新实行了一百日，慈禧太后就发动政变，光绪被囚禁在瀛台，主持维新的"六君子"被捕牺牲，而康有为侥幸躲过了屠刀，却被刽子手们加上了"弑君"的污名。康有为漂泊海上，为中国的前途和光绪的命运忧思不已，他在轮船上低吟一首绝句：

忽洒龙䰙翳太阴，紫微移座帝星沉。
孤臣辜负传衣带，碧海波涛夜夜心。

《八月九日，在上海英舰，为英人救出，得伪旨，称吾进丸弑上，上已大行，闻之一痛欲绝，决投海，写诗系衣带。后英人劝阻，谓消息未确，请待之，派兵船保护至香港》

而"六君子"之一的谭嗣同听到了政变消息,却并不急于逃亡。他筹划营救光绪不成,就将自己的书信文稿托付给梁启超,让他东渡日本,为革新保留卷土重来的力量,自己则决定以死相殉。谭嗣同拒绝了日本使馆的保护,决心用自己的头颅来为变法献祭:"各国变法,无不从流血而成,今中国未闻有因变法而流血者,此国之所以不昌也。有之,请自嗣同始!"(梁启超《谭嗣同传》)其实早在变法之初,谭嗣同对于维新党人可能遭受的结局早有预料,他曾在《阻风洞庭湖赠李君时敏》一诗中写道:

> 中原击楫几何时,廊庙伊谁发杀机。
> 岂有党人危社稷?竟教清议付诸夷。
> 令名寿考原难并,郭太申屠匪所思。
> 忍绝读书真种子?[1]先生如此我安归。

谭嗣同诗中用的是东汉末年范滂的典故,当时的宦官大兴党锢之狱,被称为"江夏八俊"之一的范滂因为举劾不法权豪,被诬陷为"党人"下狱。他的老母亲来狱中探望他,范滂对母亲说:"我的生死存亡,不过是得其所哉,幸好家中还有弟弟仲博孝敬,足以供养母亲,请您不要过于哀戚。"范滂的母亲则回

---

[1] "读书种子"一语,见于周密《齐东野语·书种文种》:"山谷云:'士大夫子弟……,然不可令读书种子断绝,有才气者出,便当名世矣。'"明朝方孝孺辅佐建文帝而与发动"靖难之役"的燕王朱棣为敌。朱棣功成后,姚广孝曾劝他保全方孝孺的性命,说:"杀孝孺,天下读书种子绝矣。"然而方孝孺仍然因为拒绝为朱棣撰写即位诏书而被诛灭十族。谭嗣同诗中的"读书种子",不仅是指文化传承意义上的读书人,更是指像方孝孺这样具有刚直秉性的有志之士。

答他说:"你如今能和李膺、杜密这样的忠臣齐名,已经没有遗憾。既有了忠义的嘉名,难道还能兼得长寿吗?"范滂跪拜受教,最后以三十三岁的年纪死在狱中。他的经历与谭嗣同何其相似——在那个腥风血雨的年代,英名与求生的确是不可兼得的。谭嗣同并不畏惧死,他只希望自己的死能够有价值,他在诗中写道:"亦知百年内,此生无久理。犹冀及百年,虽死如不死。"(《湘痕词》其一)

能够"虽死如不死",正是所谓英烈千古、浩气长存,谭嗣同很早就将自己的生命投入救国的事业里,他虽年轻,却常恐时不我待、岁月无多,因为他知道自己的国家早已落后于世界大潮,若不及早唤醒国人、奋起直追,则永远没有扭转乾坤的一日。这种紧迫感和责任感,时常体现在谭嗣同的诗作里。在除夕夜,他尤感时光催逼,深恐自己碌碌无为:"我辈虫吟真碌碌,高歌《商颂》彼何人。十年醉梦天难醒,一寸芳心镜不尘。挥洒琴尊辞旧岁,安排险阻著孤身。乾坤剑气双龙啸,唤起幽潜共好春。"(《和仙槎除夕感怀》其二)而每当念及国事艰难,他夜不成寐:"苦月霜林微有阴,灯寒欲雪夜钟深。此时危坐管宁榻,抱膝乃为《梁父吟》[2]。斗酒纵横天下事,名山风雨百年心。摊书兀兀了无睡,起听五更孤角沉。"(《夜成》)

谭嗣同早已以身许国,他把救国的希望全部寄托在维新一役。因此当慈禧一党密谋政变的消息传出,谭嗣同也从未考虑过自己逃生,而是试图做最后的拼搏,寄希

[2] "管宁榻"典故见于《三国志·魏书·管宁传》裴松之注引皇甫谧《高士传》:"管宁自越海及归,常坐一木榻,积五十余年,未尝箕股,其榻上当膝处皆穿。""箕股"指箕踞而坐(被视为轻慢失礼的坐姿),而跪坐才是严整端正的坐姿,可见管宁对自己道德要求之高。《梁父吟》据称是诸葛亮隐居南阳时常吟唱的歌曲。两处典故均表露出作者虽然不在庙堂之上,仍然严谨自律、心怀天下的抱负。

望于手握重兵的袁世凯，请求他支持变法，杀荣禄，囚慈禧，不想袁世凯先是满口应承，转头却向荣禄告密。谭嗣同被捕下狱，他在监狱斑驳的墙上题下一首著名的绝笔诗：

> 望门投止思张俭，忍死须臾待杜根。
> 我自横刀向天笑，去留肝胆两昆仑。
> 《狱中题壁》

"视死如归"对于谭嗣同而言，从不是一句空话。事实上，谭嗣同很小就在鬼门关上走过一回，他在童年时感染白喉病，昏死三日才又苏醒，父亲因此给他取字"复生"。大概从此以后，他的生命便带上了一种悲壮感，谭嗣同写过一句诗："小时不识死，谓是远行游。"（《湘痕词》其四）而自从投身维新变法，他秉性中的壮怀激烈便升华成救国的神圣感，面对死亡，谭嗣同不但处之泰然，更像是得到了期待已久的归宿，因此才会在屠刀之前含笑高呼："有心杀贼，无力回天。死得其所，快哉快哉！"

谭嗣同慷慨赴死、豪气干云，而与他同时罹难的刘光第则是另一种性情。政变之后，刘光第同样选择以死殉国，但他想要一个清清白白的死。当监斩官宣告他的死期，刘光第冷静地质问道："未讯而诛，何哉？"（梁启超《刘光第传》）他知道，不加审判就急于杀害维新志士，正是当权者心虚气短、色厉内荏的表现。监斩官果然无言以对，只是喝令他下跪听旨。刘光第大声质询说："按照祖制，即使是鸡鸣狗盗之徒，临刑喊冤，也应当予以复讯。吾辈纵然死不足惜，却是置国体于何地？"当时的刘光第虽是一名阶下囚，面对强权暴政却义正词严，一派浩然正气。他并不怕死，只恨胸中多少救国的谋略还未付诸实践，就这样不明不白地死去。刘光第生前的诗作里，曾有一首《梦中》：

> 梦中失叫惊妻子，横海楼船战广州。
> 五色花旗犹照眼，一灯红穗正垂头。
> 宗臣有说持边衅，寒女何心泣国仇？
> 自笑书生最迂阔，壮心飞到海南陬。

这首诗写于1885年中法战争之后。在他的梦寐之中，南海战场上的惨败景象尚历历在目，多少朝廷大员束手无策，而乡野间的匹夫匹妇，却为国家的命运悲愤泣下。刘光第是一介书生，手下并无一兵一卒，他掷笔长叹，心思却早已飞到南海的战场上，意欲和来犯之敌拼死一搏，"横海断长鲸"。可叹的是，当刘光第果真登上了变法的舞台，意欲一展救国夙愿时，却转眼被强大而顽固的旧势力压制了，中国走向现代的一丝熹微曙光，也被菜市口刑场的血色所笼罩。但是，刽子手们虽然手执钢刀、杀人如麻，却始终挡不住历史的车轮滚滚向前，他们砍下了"戊戌六君子"的头颅，只能使他们在历史上的身影越发高大伟岸。

明月何时照我还

故园之思

汉代乐府诗中有一首极为动人："悲歌可以当泣，远望可以当归。思念故乡，郁郁累累。欲归家无人，欲渡河无船。心思不能言，肠中车轮转。"（《悲歌》）我们不知道作者当时的处境，只知道或因兵燹，或因路途遥远，他滞留异乡不得归去，心中焦灼地渴望着故土和家人。虽然身不由己，但他心中思绪还可以凌越时空的局限，就像《诗经》里所说的"谁谓河广？一苇杭之。谁谓宋远？跂予望之"。悲歌远望是迫不得已，但也是天涯游子们唯一的慰藉。思乡的情绪既普遍又复杂，它可以跨越身份地位的鸿沟而引起普遍的共鸣，也会因为人们实际境遇的差异而产生变奏。

古人安土重迁，很多的平民百姓，很可能一辈子都不会离开家乡，他们童年在家乡的泥土地里嬉戏，长大了在土地上耕作，死后又安葬在这里的地下。他们就像生长在土地里的植物，在土里生根发芽，最终又会化作春泥，回报生养他们的土地。但也有的人会离开：读书人为了挣得金榜题名，收拾起不免有些简陋的行囊上京赶考，期待有一天"朝为田舍郎，暮登天子堂"（高明《琵琶记》）；而商人则更居无定所一些，为了外面的生意，也顾不得妻子抱怨他"重利轻别离"；对于从军的人，更加是"万里赴戎机，关山度若飞"（《木兰辞》）。他们可能走过各种高山大河，历经了各种繁荣富贵，但他们仍然怀念故乡里平淡无奇的一切。唐代贺知章在《回乡偶书》中写道："离别家乡岁月多，近来人事半消磨。唯有门前镜湖水，春风不改旧时波。"那里的乡音，那里的口味，以至于阡陌桑榆、牛羊鸡犬，都在记忆中保持着温暖的旧貌，一成不变地等候他们归去。

就拿柳永来说，他常年留寓苏杭，每日听歌买笑，自称"奉旨填词"，在烟花巷陌与众多歌妓恋爱，日子虽然快活浪漫，也难免偶有曲终人散之时，而在盛筵难继之感，意转萧索，遂起故园之思：

别岸扁舟三两只。葭苇萧萧风淅淅。沙汀宿雁破烟飞，溪桥残月和霜白。渐渐分曙色。路遥山远多行役。往来人，只轮双桨，尽是利名客。　一望乡关烟水隔。转觉归心生羽翼。愁云恨雨两牵萦，新春残腊相催逼。岁华都瞬息。浪萍风梗诚何益。归去来，玉楼深处，有个人相忆。

《归朝欢》

眼前的生活，无论怎样灯红酒绿，毕竟是过眼繁华。来往人人，"尽是利名客"，柳永自己，不也是屡试不第，才到这温柔乡里寻求安慰的吗？可是，荣华富贵虽好，却不是久长之物，高门巨富之家宾客如云，倘若他们的荣华一朝散尽，那些来往攀附的人恐怕也会像浮云一样散去。柳永出身世宦之家，又在科场浮沉多年，怎能不知其中的冷暖？他的眼前虽然是珠围翠绕，但这些美丽的歌姬舞女，也会转头就登上别人的筵席。眼前的一切都是短暂的，就像是浪里浮萍、风中线梗，于是"转觉归心生羽翼"。相比于酒席上的虚情假意，也许家乡还保留着最后的真淳："归去来，玉楼深处，有个人相忆。"

即使是柳永这样的"浪子"，也会因为漂泊而感到倦怠，"愁云恨雨两牵萦"，萧疏寂寞之下，思念起故乡的玉人。这样的情感，他在另一首著名的《八声甘州》词里也叹息过："不忍登高临远，望故乡渺邈，归思难收。叹年来踪迹，何事苦淹留？想佳人，妆楼颙望，误几回，天际识归舟。争知我，倚栏杆处，正恁凝愁！"

柳永实在是个充满矛盾的人，他离家后长年居住在都市，事实上再也没有回到故乡，却写了如许情真意切的思乡之词。这是一种值得玩味的心情，大多数来到都市的外乡人，即使在都市生活多年，仍然很难把繁华的都市当成自己的"家"。那个真正令他们拥有归属感、感到安全和温暖的地方，似乎一直是山水迢迢的故乡田园。逢年过节，连柳永这样风流不羁的人，也颇感"新春残腊相催逼"。在这一点上，现代人要幸运一些：尽管归途艰辛，却归程短暂，甚至可以朝发夕至，使得人们甘愿风雨兼程赶回家乡的饭桌旁吃上一顿团圆饭。相比于只能伫立玉阶、仰望"宿鸟归飞急"的古人，实在是多了太多的安慰。

除夕夜仍滞留在外的人，孤身面对屋外万家灯火，怎能不感到思乡的苦味，就像高适《除夜作》写的那样："旅馆寒灯独不眠，客心何事转凄然？故乡今夜思千里，霜鬓明朝又一年。"故乡的人家已经是新桃换旧符，散发着融融的春意，而自己的家里呢？也许白发老母还在灯前叹息，妻子早早做好的新衣只能寂寞地搁置着，怎知家里人思念的远行人，也是同样地思念着他们呢？白居易在一个冬至的夜里写过这样的诗：

> 邯郸驿里逢冬至，抱膝灯前影伴身。
> 想得家中夜深坐，还应说着远行人。
> 《邯郸冬至夜思家》

唐朝的冬至就像今天的除夕一样隆重，朝廷里放假，民间亲朋互赠饮食，人们穿上新做的衣服。这个时候，白居易却在邯郸的一个客店里抱膝枯坐，只有油灯下摇曳的影子为伴，如何不感到孤单寂寥？遥远的故乡亲人也相聚着度过佳节，众人皆至，唯独少他一个，大概也会觉得心里缺了一点什么。这种情感，跟王维那首著名的诗很是相似："独在异乡为异客，每逢佳节倍思亲。遥知兄弟登高处，遍插茱萸少一人。"（《九月九日忆山东兄弟》）

的确，相比于官场上的尔虞我诈、商场上的锱铢必较，甚至沙场上的你死我活，故乡的亲人显得实在太可爱了。西晋的张翰本是齐王司马冏麾下的东曹掾，他见到洛阳秋风起，思念起故乡的莼菜羹、鲈鱼脍，就唱着"秋风起兮木叶飞，吴江水兮鲈正肥。三千里兮家未归，恨难禁兮仰天悲"（《思吴江歌》），潇洒地回乡去了。当时的人或是笑他疯癫，或是赞他有名士之风，没过多久，司马冏兵败的消息传来，人们才惊叹张翰的先见之明。其实，张翰倒未必真的有什么"先见之明"，伴君如伴虎的道理，有几个人不懂呢？只是人们往往被富贵所迷，早就忘记了故乡莼鲈的滋味。就像秦朝的宰相李斯，虽然劳苦功高、机警一世，晚年也不免受赵高威逼利诱，与其一同伪造秦始皇的遗嘱，结果却反受其害，落得个腰斩于咸阳闹市的结局。临刑前，他对自己的儿子叹息说，想再和儿子一起牵着黄犬出上蔡，到东门外去追野兔。这样简单的愿望，难道还能再实现吗？

李斯生前权倾天下，临终前才感到平凡日子的珍稀，"做不得醉陶潜霜篱酒卮，拼则个笑东门黄犬难携"（陈汝元《金莲记·廷谳》）。滚滚红尘之中，世人多能"入乎其内"，却鲜能"出乎其外"，事到临头，只能悔恨自己抽身退步太晚。官居庙堂的李斯，有时候未必比满足于天伦之乐的乡下野老更加睿智。

大概，人们喜爱花木兰也有这个原因。《木兰辞》里说，她百战归来，在天子"策勋十二转，赏赐百千强"的荣耀时刻，还能勇敢地说出自己的心里话："木兰不用尚书郎，愿驰千里足，送儿还故乡。"粗浅地看，也许木兰是因为自己的女儿身，才不得不谢绝这份犒赏，但读到她回到家乡，"爷娘闻女来，出郭相扶将。阿姊闻妹来，当户理红妆。小弟闻姊来，磨刀霍霍向猪羊"，谁能不感到一阵流淌涌动的暖意？想当年，她敢于做出那样惊世骇俗的决定，女扮男装，深入险境，正是为了家中老父的安危，而今，她又为了感受家的温暖而回到父母身边，辞去高官厚禄也不感到遗憾，这便是一种"圆满"。现代剧作家欧阳予倩写《木兰从军》，赞美她道："不求图画凌烟阁[1]，只为家邦致太平。"这个结局比起"出将入相"的俗套，实在是高明太多。

不过，这种完美的结局也许只存在于传说故事之中，我们想起另一位传奇女子蔡文姬，她因为生于汉末乱世，不得不在家国的双重悲剧下挣扎求生，一生遭遇之艰难，令人闻之泣下。蔡文姬的父亲蔡邕才华横溢，蔡文姬得到父亲的言传身教，从小便流露出聪慧的禀赋。传说有一次，蔡邕静夜抚琴，九岁的蔡文姬在房间里听。突然间，一根琴弦崩断了，蔡文姬对门外的父亲说："断的是第二根弦吧？"蔡邕感到很惊奇，又有些不敢相信，他故意又拨断一根琴弦，蔡文姬说："这回断的是第四根。"回答得丝毫不差，蔡邕这才叹服女儿的聪敏。

蔡邕十分看重这个天资过人的女儿，一般人家只让女儿学习针线女工，蔡邕却十分开明，他将家中四千多卷典籍藏书悉数传授给女儿，让蔡文姬熟

---

[1] 唐太宗曾命画家阎立本在凌烟阁为二十四功臣画像，"凌烟阁"从此成为功勋卓著、名垂青史的象征。

读记诵。根据《后汉书·列女传》的记载，后来经历几十年的变乱，蔡家藏书散失殆尽，蔡文姬自匈奴之地返家后，竟然还能亲笔默写出其中的四百多卷，而且记忆准确，分毫不差，这无疑与她早年的家庭教育息息相关。少年蔡文姬可谓幸福，只可惜好景不长，这个温馨且有着浓厚文化氛围的家庭却遭到飞来横祸——蔡邕因为得到董卓的器重，在董卓死后被王允投下大牢。蔡邕上书王允，表示甘愿接受"黥首刖足"的刑罚，只求王允留他性命，让他继续编写汉史。但王允害怕蔡邕在史书里毁谤自己，下令将他处死。可叹一代文豪，就这样在狱中死于非命。

蔡文姬失去了一家之长的庇护，匈奴又趁着关中大乱，南下掳掠，蔡文姬被骑兵劫走，成了匈奴左贤王的妃子，从此远离故土十二年，还为左贤王生下了两个儿子。蔡文姬在她的《悲愤诗》中倾吐了她的血泪：在她被掳掠的途中，目睹了"马边悬男头，马后载妇女"的惨剧。国家颠覆，人命犹如草芥。蔡文姬本是贵族女子，一朝沦落为奴，求生不得，求死不能："岂敢惜性命，不堪其詈骂。或便加棰杖，毒痛参并下。旦则号泣行，夜则悲吟坐。欲死不能得，欲生无一可。彼苍者何辜？乃遭此厄祸。"

在蔡文姬的另一名作《胡笳十八拍》里面，她倾吐了自己国破家亡的悲哀："无日无夜兮不思我乡土，禀气含生兮莫过我最苦。天灾国乱兮人无主，惟我薄命兮没戎虏。殊俗心异兮身难处，嗜欲不同兮谁可与语？"她想缓解思乡之苦，也因为语言习俗的差异而倾诉无门，原本一个能诗善赋的才女，就在这种近乎失语的状态下度过了苦闷的十二年。"感时念父母，哀叹无穷已。"想起少年时与父母在一起的快乐生活，真是恍如

明月何时照我还

〔宋〕佚名 《文姬图》

隔世。

当她渐渐习惯了胡地的生活，突然又得到了中原汉使的消息——建安十一年（206），曹操已攻灭袁氏，平定了北方。这时，他想起昔日好友蔡邕一家的不幸，于是派使臣送来黄金千两、白璧一双，提出要赎回蔡文姬。在塞外生活了十二年的蔡文姬终于得到了回归故土的机会，但这样一来，她又不得不和自己的两个孩子永远分离。这个两难的抉择令蔡文姬痛不欲生，她在《悲愤诗》中写道："己得自解免，当复弃儿子。天属缀人心，念别无会期。存亡永乖隔，不忍与之辞。儿前抱我颈，问母'欲何之？人言母当去，岂复有还时？阿母常仁恻，今何更不慈？我尚未成人，奈何不顾思！'见此崩五内，恍惚生狂痴。号泣手抚摩，当发复回疑。兼有同时辈，相送告离别。慕我独得归，哀叫声摧裂。马为立踟蹰，车为不转辙。观者皆歔欷，行路亦呜咽。去去割情恋，遄征日遐迈。悠悠三千里，何时复交会？念我出腹子，胸臆为摧败。"

两个年幼的孩子还不懂事，抱着蔡文姬的脖子问："母亲要上哪里去？"蔡文姬不忍心回答，旁人告诉两个孩子："你们的母亲要走了，从此再也不会回来。"孩子们哭成泪人，不敢相信慈爱的母亲会抛下他们离去。蔡文姬看见此情此景，伤心得五内俱崩，抱着两个孩子大哭，使臣催促她上路，她还犹疑着不忍动身。当年那些一起被掳掠的中原女子，却无比羡慕蔡文姬，她们只怕今生都没有回家的希望了。这些中原女子在使臣的车马前哭成一片，这等伤心的场景，连过往的行人也为之唏嘘哽咽。

蔡文姬一路走，一路惦记永别的孩子，不由得心痛如割。等她回到旧居，家中经过数十年战火的洗劫，早已空无一人："既至家人尽，又复无中外。城郭为山林，庭宇生荆艾。白骨不知谁，纵横莫覆盖。出门无人声，豺狼号且吠。"

曹操痛惜故人蔡邕的不幸，又同情蔡文姬，爱惜她的才华，希望给她一个安稳的归宿，因此将她许配给同乡的董祀。蔡文姬遭遇过这么多次家亡人散的悲剧，对于命运怀有深深的恐惧，即使组成了新的家庭，也常常担忧自己被丈夫轻视抛弃："托命于新人，竭心自勖厉。流离成鄙贱，常恐复捐废。人生几何时，怀忧终年岁！"不幸的是，董祀后来犯了罪，按律当斩，蔡文姬眼见自己的新家又要毁灭，不由得心急如焚。她冒着严寒大雪，散着头发光着脚向曹操请罪。曹操见她"音辞清辩，旨甚酸哀"（范晔《后汉书》），十分同情，但还有些犹豫，他说："判决的状子已经发下去了，要怎么收回呢？"蔡文姬一再恳求道："丞相麾下有骏马千万，勇士成林，何惜差遣一匹快马去追回文书，挽回一条性命呢？"曹操拗不过她，只好派人快马加鞭，赦免了董祀的死罪。

也许蔡文姬的前半生失去了太多家庭的温暖，此时才格外奋不顾身，像一只雌鹊拼死保护自己的小巢一样，抛下了一切"大家闺秀"的矜持体面，去为她的丈夫苦苦哀求。蔡文姬的前半生可谓"蚌病成珠"，她坚忍地承受了家国的双重劫难，以感人泣下的《悲愤诗》《胡笳十八拍》垂名于史册，范晔在《后汉书》中赞美她"端操有踪，幽闲有容。区明风烈，昭我管彤"。在救出丈夫董祀之后，蔡文姬的生平再不见于史籍，作为读者也只能寄托于想象，但愿有了丞相的庇护、家庭的慰藉，她的灾难能够从此画上句号，去享受迟来的幸福安宁，抚平前半生留下的累累伤痕。

　　父母的亲情，家园的庇护，往往是一个人出生以后最先得到的温暖，即使日后离乡万里，人海浮沉，这种温情仍然是他们内心力量的源头。在儒家理想的大同社会里，"人不独亲其亲，不独子其子"。所谓的理想社会，不过是人人把彼此当作亲人一样关爱，而那些为民请命的良臣、保家卫国的良将，也不过是把整个国家的生民当作了自己的兄弟姐妹一般去爱护。正因如此，今天被我们称为"爱国诗人"的先贤，对于家乡父老、父母亲朋也往往有一种深情眷恋。

　　杜甫一生以天下苍生为怀，却不妨他爱子心切、伉俪情深。杜甫的妻子杨氏是司农少卿杨怡之女，与出身仕宦之家的杜甫算是门当户对。和我们想象中的高门望族不同，杜甫夫妻二人的生活磨难颇多。杜甫早年奔波，求仕之途曲折不顺，中年更遇到安史之乱，常与妻子分隔两地不得相见，一家老小、柴米油盐，全要仰赖妻子杨氏一手照料、操持："世乱怜渠小，家贫仰母慈。"（《遣兴》）杜甫对妻子的辛勤付出始终怀有尊敬和感激之情。贫寒的生活没有使他们成为怨偶，他们在艰难时势之下相濡以沫，彼此的感情越发坚贞。不论聚散，他们两人的心始终紧紧地联系在一起。

　　杜甫在前半生与妻子聚少离多，写下过不少思念妻子的名篇，例如《客夜》："客睡何曾著？秋天不肯明。卷帘残月影，高枕远江声。计拙无衣食，途穷仗友生。老妻书数纸，应悉未归情。"杜甫在流寓长安的岁月里，时常惦记家中的妻子，为自己衣食无着、无计归乡的窘境感到歉疚。安史之乱爆发，杜甫把家搬到鄜州羌村避难，自己只身北上，投奔新即位的唐肃宗。在途中，他被叛军俘虏，押解到已经沦陷的长安。他与妻子被乱兵分隔在长安和鄜州两地，只能仰望中天月色，彼此思念。杜甫提笔写下了著名的《月夜》：

> 今夜鄜州月，闺中只独看。
> 遥怜小儿女，未解忆长安。
> 香雾云鬟湿，清辉玉臂寒。
> 何时倚虚幌，双照泪痕干。[2]

在这段聚少离多的日子里，杜甫无数次徘徊在静夜的月色之下，思念着家里的妻子。至德二载（757）的寒食节，杜甫写了一首《一百五日夜对月》："无家对寒食，有泪如金波。斫却月中桂，清光应更多。仳离放红蕊，想像颦青蛾。牛女漫愁思，秋期犹渡河。"他仰望空中明月，看到月中似乎有些阴影——人们说，那是月宫中桂树的影子。杜甫心中不免有些怨恨：他和妻子分隔两地，音信不通，唯一能寄托思念的就是仰看明月，想象着妻子也在共看着一轮清辉，但这月色却被桂树的影子遮蔽了，如果可以的话，他真想砍去那棵恼人的桂花树，让月色流泻下更多的清光。天上的牛郎织女虽然被银河阻隔，每年到了七夕也还能踏上鹊桥相会，但人间的烽火刀兵却要到哪一年才能停歇

[2] 古人也曾从此诗中看出杜甫与家人的感情——刘后村《诗话》中记载，陈伯霆读杜甫《北征》诗，看到"粉黛亦解苞""狼藉画眉阔"等句，说杜甫善于戏谑，连自己的妻女也不放过。而刘后村则回答说："公知其一耳。如《月夜》诗云：'香雾云鬟湿，清辉玉臂寒。'则闺中之发肤，云浓玉洁可见。"又说："'何时倚虚幌，双照泪痕干。'其笃于伉俪如此。"（参见仇兆鳌《杜诗详注》，中华书局1979年版）

呢？他和妻子天各一方，不知何时才能重逢。

等到杜甫九死一生地归来，夫妻重逢的一刻真是悲喜交集："经年至茅屋，妻子衣百结。恸哭松声回，悲泉共幽咽。"（《北征》）"妻孥怪我在，惊定还拭泪。……夜阑更秉烛，相对如梦寐。"（《羌村》其一）杜甫为了国事而奔波，家中的妻子则一面为他的安危担惊受怕，一面忍受着战时的物质贫乏，艰难地操持着一家人的柴米油盐。对此，杜甫一直感到自责："何日干戈尽，飘飘愧老妻。"（《自阆州领妻子却赴蜀山行》其二）

后来，杜甫带着全家由陇入蜀，在蜀道上艰难地跋涉，看到妻子儿女的艰辛，又感到愧疚："叹息谓妻子，我何随汝曹。"（《飞仙阁》）杜甫之所以不顾艰难危险，为国家奔走先后，既是为了苍生社稷，也是为了给妻小带去一片和平的天空。无论遭遇多少艰难，杜甫对爱妻和孺子的感情始终是那么执着。生逢乱世，只要一家能够平安团聚，就已经十分满足，物质的贫穷反倒显得没那么难熬。

杜甫也为幼子写过不少诗句："骥子好男儿，前年学语时。问知人客姓，诵得老夫诗。"（《遣兴》）诗中舐犊之情溢于言表，在慈父的眼里，孩子的一言一笑都是那么可喜：客人来了，他能记得行礼招呼，还能记得父亲的诗，咿咿呀呀地背诵。有这样聪慧伶俐的孩子，让饱经磨难的杜甫得到了很大的安慰。即使到了暮年，杜甫回忆起孩子的童稚时分，仍然记得当年的艰难和喜悦："汝啼吾手战，吾笑汝身长。"（《元日示宗武》）

妻子儿女分担了杜甫在穷途中的艰辛，也分享了他的幸福。"老妻画纸为棋局，稚子敲针作钓钩。"（《江村》）"昼引老妻乘小艇，晴看稚子浴清江。"(《进艇》)"仆夫穿竹语,稚子入云呼。……真供一笑乐,似欲慰穷途。"(《自阆州领妻子却赴蜀山行》其三)他们在四川的生活也还不富裕,却分外享受难得的团圆安宁,一家人聚在一起,画纸下棋、敲针钓鱼、划船游泳,其乐融融。即使年老多病,一家人也相互扶持关照、嘘寒问暖,"老妻忧坐痹,幼女问头风"(《遣闷奉呈严公二十韵》),使得艰难时分也不失温暖慰藉。

至于万里之外的家乡京洛,杜甫也时常惦记在心头,他在那里留下过许多生活记忆。童年时候,杜甫过得轻松快乐,他聪颖好学:"七龄思即壮,开口咏凤凰。九龄书大字,有作成一囊。"(《壮游》)同时也有活泼淘气的一面:"忆年十五心尚孩,健如黄犊走复来。庭前八月梨枣熟,一日上树能千回。"(《百忧集行》)等他成年后,就已经将家乡一带的山川古迹、园林庙宇都游历了一遍。杜甫对于家乡的节物风光非常熟悉:"阴壑生虚籁,月林散清影。天阙象纬逼,云卧衣裳冷。"(《游龙门奉先寺》)"碧瓦初寒外,金茎一气旁。山河扶绣户,日月近雕梁。"(《冬日洛城北谒玄元皇帝庙》)"龙门横野断,驿树出城来。气色皇居近,金银佛寺开。"(《龙门》)这一段壮游岁月,使得杜甫领略了盛唐以来的开阔气度,他对家国壮丽山川的挚爱之情也越加浓厚。

然而这些美好的记忆,却随着时间的推移离他越来越远。中年以后,杜甫或是迫于衣食战乱而四处迁徙,不但要忍受饥寒跋涉之苦,还有沉重的乡思压在心头:"贫病转零落,故乡不可思。常恐死道路,永为高人嗤。"(《赤谷》)故乡和亲人一直萦绕在他的梦魂里:"海内风尘诸弟隔,天涯涕泪一身遥。"（《野望》）"露从今夜白，月是故乡明。"（《月夜忆舍弟》）"亲朋无一字，老病有孤舟。"（《登岳阳楼》）"风月自清夜，江山非故园。"（《日暮》）"万里悲秋常作客，百年多病独登台。"（《登高》）因为远离家乡，异地的风物在他看来都染上了凄凉的色彩，只有万里之外的故乡，才有着人间最明亮的月色。即使他定居成都草堂，生活安定下来，也从未忘却久经丧乱的家乡和亲人："故乡有弟妹，流落随丘墟。成都万事好，岂若归吾庐？"（《五盘》）这种心情，和王粲的《登楼赋》共通："虽信美而非吾土兮，曾何足以少留。"[3] 这种对于家乡和家人的爱，也是杜甫对于更广泛的苍生百姓之爱的起点。他对故乡和亲人的感情这样深厚，却时常不得不忍痛离开他们，去为国家的危难而奔走先后。而杜诗的伟大之处，正是在于能突破一己的小格局，从爱故乡亲人推及爱家国百姓，去为天下苍生谋求福祉。

鲁迅说过"无情未必真豪杰，怜子如何不丈夫"（《答客诮》），那些壮怀激烈、会为家国怒发冲冠的英雄豪杰，在描写亲人故乡的诗句里常常展现出另一种柔情。拿陆游的诗作来说，给人印象最深的大概有两点：一则是对于沦落敌手的故国，陆游始终怀有光复的夙愿；二则是对于仳离的前妻唐琬，他也有着终生不忘的深情。实际上，这两种感情有着内在的共通，正如叶嘉莹所说，陆游是一位有"真性情"的诗人，其感情

---

[3] 王粲《登楼赋》亦作于乱世，当时董卓、李傕、郭汜等作乱于长安，作者为避战乱而投靠刘表，客居荆州。赋中一方面流露了思归恋乡之心："路逶迤而修迥兮，川既漾而济深。悲旧乡之壅隔兮，涕横坠而弗禁。昔尼父之在陈兮，有归欤之叹音。钟仪幽而楚奏兮，庄舄显而越吟。人情同于怀土兮，岂穷达而异心。"另一方面也传达了对战争丧乱的厌恶、对太平治世的渴望："惟日月之逾迈兮，俟河清其未极。冀王道之一平兮，假高衢而骋力。"与杜甫当时的处境和心情颇多相似。

明月何时照我还

75

郑午昌 《杜甫诗意图》

专一深挚，无论是对国家的许身，或是对前妻的悼念，都是至死不渝的。

陆游平生楼船夜雪、铁马秋风，青年时亲上战场，到八十多岁的高龄也还激昂愤慨，唯有面对与唐琬的爱情悲剧时才显露出英雄气短。他们本是一对情深意笃的神仙眷侣，却因为唐琬不能被陆母相容，一对佳偶被活生生拆散。这件事成了陆游永久的创痛。他们分别再婚之后，有一次在沈园偶遇，陆游见到心上人，万般心事涌上心头，却终究不能挽回过去，一腔痛悔写成那首著名的《钗头凤》：

红酥手，黄縢酒，满城春色宫墙柳。东风恶，欢情薄。一怀愁绪，几年离索。错，错，错！　春如旧，人空瘦，泪痕红浥鲛绡透。桃花落，闲池阁。山盟虽在，锦书难托。莫，莫，莫！

唐琬读了，不禁黯然神伤，她也提笔和了一首《钗头凤》：

世情薄，人情恶，雨送黄昏花易落。晓风干，泪痕残。欲笺心事，独语斜阑。难，难，难！　人成各，今非昨，病魂常似秋千索。角声寒，夜阑珊。怕人寻问，咽泪装欢。瞒，瞒，瞒！

这次沈园重逢不久，唐琬就因哀伤过度，郁郁而终，而陆游也敌不过时光磨洗，逐渐成了皤然老翁，但是，他始终无法忘怀青年时代的这段旧情："梦断香消四十年，沈园柳老不吹绵。"（《沈园》）虽然沉痛，却无可诉说，

"灯暗无人说断肠",打落牙齿和血吞,英雄的气短情长,尤其使人难过。陆游在余生之内写了许多哀念唐琬的诗,直到去世前一年,仍然"也信美人终作土,不堪幽梦太匆匆"(《春游》)。这样的深情和执着,正是陆游的一种气质秉性,一如他临终前仍不忘杀敌报国、统一中原的雄心壮志。

大概也是由于他的专情,陆游对于续娶的妻子王氏似乎不再有对唐琬一样热烈的爱情,然而一茶一饭、一衣一被之间,他们在平淡的岁月里也积累下了亲情的牵绊:

明日当北征，竟夕起复眠。
悲虫号我傍，青灯照我前。
妇忧衣裳薄，纫线重敷绵。
儿为检药笼，桂姜手炮煎。
墩堠默可数，一念已酸然。
使忧能伤人，我得复长年。
同生天壤间，人谁无一廛。
伤哉独何辜，皇皇长可怜。
破屋不得住，风雨走道边。
呼天得闻否，赋与何其偏。

《离家示妻子》

这首诗写于乾道八年（1172），陆游第二天就要前往南郑，投身军旅，能够亲往抗金前线，固然是他梦寐以求的机遇，但在家中面对妻儿，陆游的心情也有一些复杂。沙场无情，妻子儿子何尝不担忧他此去的命运？但他们都没有多言劝阻，只是默默地为他准备行囊：妻子王氏担心北方天气寒冷，把他的棉衣拆开，絮了再絮；儿子在慢火上炮制的干姜桂皮，也都是温热祛寒之药。常人见此，大概免不了贪恋家的温暖，动摇投军的心思，但陆游并没有这样想，他知道，自己这一屋虽然温暖，但屋外的世界还布满了堡垒和烽堠，同样是生长在天地之间的生灵，又有几个能像他一样幸运？许多人在战争和流浪中死去，即便苟全性命，境遇之凄惨也可想而知："破屋不得住，风雨走道边。"（《离家示妻子》）陆游感慨苍天造物的不公平，为无辜平民的命运叹息，因此绝不愿意贪安苟且。为了外面的人民也能过上一样安宁的日子，他才义无反顾地踏出家门，一头扑到严酷的风霜雨雪中去。

和杜甫相仿，陆游也生活在一个乱世，他与家人相依为命的深情，也常常见于诸诗篇。对于儿孙晚辈，陆游寄予了很深的期望，也在诗中写下了许多谆谆劝导，它们在今天也还被当作教育子弟的箴言。他教给孩子读书的方法："古人学问无遗力，少壮工夫老始成。纸上得来终觉浅，绝知此事要躬行。"（《冬夜读书示子聿》）"文能换骨余无法，学但穷源自不疑。"（《示儿》）他也教孩子们作诗："汝果欲学诗，工夫在诗外。"（《示子遹》）他还教孩子们如何做人，要求他们见贤思齐、勤俭朴素："闻义贵能徙，见贤思与齐。食尝甘脱粟，起不待鸣鸡。萧索园官菜，酸寒太学齑。时时语儿子，未用厌锄犁。"（《示儿》）"燕居侍立出扶行，见汝成童我眼明。但使乡闾称善士，布衣未必愧公卿。"（《示元礼》）

当目睹孩子们日益长进，听见他们的琅琅书声，陆游喜不自胜："吾儿从旁论治乱，每使老子喜欲狂。不须饮酒径自醉，取书相和声琅琅。"（《示儿》）陆游希望孩子们养成品格学识，却不是为了让他们以此求取功名利禄，他告诫孩子们，只要做一个善良的人，就可以无愧于心："果能称善人，便可老乡里。勿言五鼎养，肉食吾所鄙。"（《示儿》）他深知，有再高的官爵、再多的家产，也无法换取温暖的亲情："一床共置朝回笏，百屋常堆用剩钱。何似吾家好儿子，吟哦相伴短檠前。"（《喜小儿病愈》其二）

因此，当二儿子陆子龙出外为官，陆游依依难舍，他写了一篇长诗《送子龙赴吉州掾》相送，诗中不仅有身为长辈的劝导，更多的是一个老父亲对儿子远行的担忧："我老汝远行，知汝非得已。驾言当送汝，挥涕不能止。人谁乐离别，坐贫至于此。"

陆游一生宦海沉浮，此时早已看得透彻：比起天伦团聚的喜悦，官场的功名又有什么值得贪恋的？儿子赴任路上，免不了翻山越岭、涉江渡海，途中的艰难令他忧心："汝行犯胥涛，次第过彭蠡。波横吞舟鱼，林啸独脚鬼。野饭何店炊，孤棹何岸舣？"

不过，比起自然界的风波，陆游更为儿子的官场生涯而悬心。他叮嘱儿子，在地方当官，一定要清正廉明，不能向百姓索求银钱衣食，不必贪恋华服厚味。生活清苦，也无妨安贫乐道，只要自己清廉正直，就不怕别人诋毁，夜里也能睡个安稳觉："汝为吉州吏，但饮吉州水。一钱亦分明，谁能肆谗毁？聚俸嫁阿惜，择士教元礼。我食可自营，勿用念甘旨。衣穿听露肘，履破从见指。出门虽被嘲，归舍却睡美。"

陆游还叮嘱儿子：在当地见到父亲的故友世交，则要谦恭敬重，只能问候起居，学习他们的学问和为人，不能有攀附逢迎之心。"益公名位重，凛若乔岳峙。汝以通家故，或许望燕几。得见已足荣，切勿有所启。又若杨诚斋，清介世莫比。一闻俗人言，三日归洗耳[4]；汝但问起居，余事勿挂齿。希周有世好，敬叔乃乡里。岂惟能文辞，实亦坚操履。相从勉讲学，事业在积累。"

就像所有送儿远行的老父

---

[4] "洗耳"出自许由拒绝尧禅让的典故：许由"以清节闻于尧。尧大其志，乃遣使以符玺禅为天子。于是许由喟然叹曰：'匹夫结志，固如盘石。采山饮河，所以养性，非以求禄位也；放发优游，所以安己不惧，非以贪天下也。'……乃临河洗耳。樊坚见由方洗耳，问之：'耳有何垢乎？'由曰：'无垢，闻恶语耳。'"（汉蔡邕《琴操·河间杂歌·箕山操》）

亲一样，陆游絮絮叨叨，从衣食住行到为官做人都逐一嘱咐，唯恐儿子此行有什么疏失，但千万条为人处世的规则，归结起来也就是一句："仁义本何常，蹈之则君子。"只要有仁义之心，就足以在世上立身。写完了这些大道理，陆游说了他最后一句叮咛："汝去三年归，我傥未即死。江中有鲤鱼，频寄书一纸。"——你此去任期三年，我也许还没有这么快就死掉。鱼雁传书也好，托人带信也罢，你要多给你的老父亲写几封家书来。

陆游的孩子们没有辜负他这一番苦口婆心，他出仕的四个儿子，每一个都为官清正，有着很好的名声。其实陆游教子也绝不仅限于笔墨功夫，正如他自己说的"纸上得来终觉浅，绝知此事要躬行"《冬夜读书示子聿》，陆游自己在当官的时候，也从不为自己谋取私利："出仕三十年，不殖一金产。"（《累日多事不复能观书感叹作此诗》）他晚年被削职罢官，回到故乡山阴过起清贫的生活，鲜蔬素食，却也不改其乐。这正是陆游言传身教地给儿女们树立了榜样。

陆游被解职以后，尽管还牵挂着国家大事，但一时间也无事可为，所幸还有家乡的山水风月聊以寓目，这段闲居岁月也并不十分难熬。他在自家庭院里种菜浇花，偶尔读书饮酒，也只是随兴所至，并不过量。在当地百姓看来，晚年的陆游就是一个平和可亲的老人，他完全没有一点在朝为官的架子，对乡亲邻里都分外关照，时常把自己的饭食衣物分送给他们："东邻稻上场，劳之以一壶；西邻女受聘，贺之以一襦。"（《晚秋农家》）"旋压麦糕邀父老，时分菜把饷比邻。"（《排闷》）家乡父老也回报以热情："莫笑农家腊酒浑，丰年留客足鸡豚。"（《游山西村》）他们不但有生活上的相互支持，还有精神上的相互交流。每当家乡父老向他请教学问，陆游都欣然前往：

> 原上一缕云，水面数点雨。
> 夹衣已觉冷，秋令遽如许。
> 行行适东村，父老可共语。
> 披衣出迎客，芋栗旋烹煮。
> 自言家近郊，生不识官府。
> 甚爱问孝书，请学公勿拒。
> 我亦为欣然，开卷发端绪。
> 讲说虽浅近，于子或有补。
> 耕荒两黄犊，庇身一茅宇。
> 勉读庶人章，淳风可还古。
>
> 《记东村父老言》

东村父老也许未必能理解陆游的志向，但都知道他是个很有学问、很有见识的人，他们把自家种的芋头和板栗煮了招待陆游，请陆游为他们讲解《孝经》。陆游欣然应允，他就像是一个乡间的私塾先生，深入浅出地跟他们讲解书里的道理。也许东村的这些乡民并没有上过几天学，书本上的字也不认得几个，但他们向善好学的淳朴，竟有几分圣贤书里所谓"大同"的影子，陆游的理想没有在朝堂上实现，却在乡野间找到了落脚点。陆游对于乡

明月何时照我还

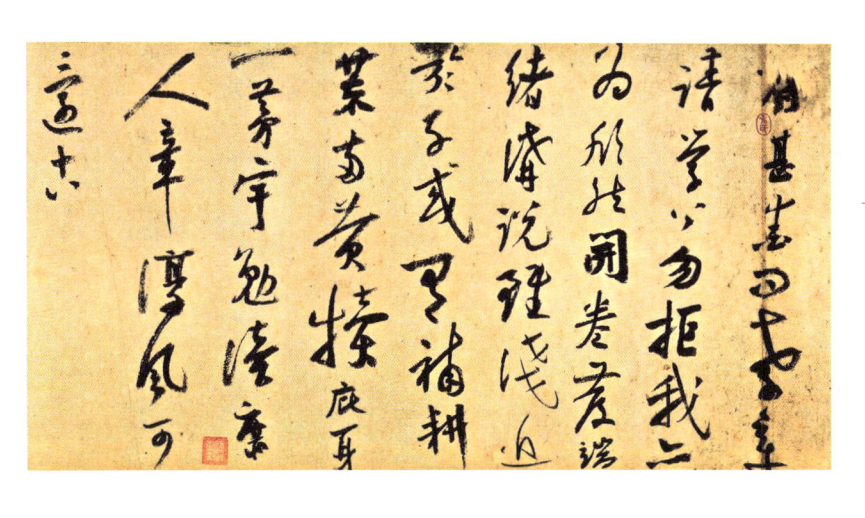

〔宋〕陆游自书 《记东村父老言》

村野老们从未流露过一星半点的傲慢，相反，他发自内心地尊敬他们，钦佩他们的淳朴正直，认为这些平民百姓比朝廷大员更加忠诚厚道、适合交心："野人易与输肝肺"（《睡起至园中》），"忠言乃在里闾间"（《识愧》）。而陆游的真挚也赢得了家乡父老的敬重，当地人不拘亲疏贵贱，都愿意与他交朋友。这段时间里，故乡的温情很好地抚慰了他前半生的失意落寞，也为他的诗集增添了许多恬静淳朴的味道：

今日风日和，衰病亦少平。
出门无所之，携幼东村行。
吴地冬未冰，溅溅沟水声。
山卉与野蔓，结实丹漆并。
鸡犬亦萧散，如有世外情。
举手叩柴扉，病叟喜出迎。
从我语蝉联，未寒畴昔盟。
解囊付之药，与尔偕长生。

《东村》

陆游晚年生活简朴，即使生病也很少服用药石，不过清净休养，"久多自平"。这一天，他的病刚刚好了一些，就牵着小儿子的手到东村去散步。江浙的冬天并不十分严寒，溪流中还有溅溅的流水声，而许多山花野草，结着玲珑的果实，或红如丹砂，或黑如点漆，着实观之可喜。东村是个安静的小地方，没有多少人声车马，只有鸡犬相闻，仿佛是桃花源一般。陆游敲开一座柴门，给他抱恙的老朋友送去一些药物，朋友欢喜地走出来迎接他，热络地叙说起旧时的情谊，全然乐以忘忧，不知老之将至。为村民们治病送药，几乎成了陆游生活的一种常态，他"送药时时过邻父"（《野兴》），"叩户时闻请药人"（《戏咏闲适》）。陆游自己很少服药，却用他的医术救活过不少村民，人们感激他，经常用"陆"字给新生的婴儿取名："共说向来曾活我，生儿多以陆为名。"（《山村经行因施药》其四）

而家乡的父老见到久不露面的陆游，自然分外惊喜，他们纷纷抛下手头的活计，邀请他到家里吃一碗新掘的茈菇，喝一杯家酿的米酒：

> 野人知我出门稀，男辍耡耰女下机。
> 掘得茈菇炊正熟，一杯苦劝护寒归。
>
> 《东村》其一
>
> 野人喜我偶闲游，取酒匆匆劝小留。
> 舍后携篮挑菜甲，门前唤担买梨头。
>
> 《东村》其二

这诗虽写得朴实，却有一种动人的情义，究其原因，正在"真诚"二字。古代读书人想要入朝为官，谁不会说几句"忠君报国"的大道理？像杜甫、陆游这样的人，之所以至今还被当作典范，正在于他们的一片赤诚。他们的家国之思并不是口头虚言，而流露在日常的一针一线、一粥一饭中。这才是真正的儒者，就像《礼记》里说："所谓治国必先齐其家者，其家不可教而能教人者，无之。故君子不出家而成教于国。"倘若连一己的小家庭都不能相处和睦，又怎么能匡正天下呢？对家人的爱、对故乡的爱，正是他们一生报国信念的源头。皇帝也许还会辜负他们，但家人和故乡则不会，当他们从官场里饱受了风尘霜雪，远方的家还留着一盏暖黄的油灯，永远不变地等待他们归来。

葵藿倾太阳

忠君报国

在古代中国，"君"和"国"是紧密的一体，"忠君报国"的思想牢牢地植根在人们的心里。儿童入私塾读书，堂上就供着"天地君亲师"的牌位；平头百姓看杂剧，即使不识字，也知道"学成文武艺，货与帝王家"；甚至连被官府视为"草寇"的梁山好汉，都认为自己是一片忠心："酷吏赃官都杀尽，忠心报答赵官家。"古人报国的最高形式，就是"以身许国"，他们可以将一生的心血甚至自己的性命奉献出去，去报答国君的知遇之恩，担负起国家兴亡的重任。

在"忠君报国"的典范当中,诸葛亮可以说是人们最熟悉的一个。为了报答刘备三顾之恩,他告别了隆中的闲云野鹤,用尽平生智慧为刘备的霸业出谋划策,"抛掷南阳为主忧,北征东讨尽良筹"(罗隐《筹笔驿》),奠定了"天下三分"的鼎足之势。刘备对诸葛亮十分器重,他对关羽、张飞说:"孤之有孔明,犹鱼之有水也。"后人读到这段故事,无不向往这种理想的君臣关系,李白在《君道曲》里追慕道:"小白鸿翼于夷吾,刘葛鱼水本无二。"春秋的齐桓公小白不记管仲的一箭之仇,视他为自己的羽翼,而刘备与诸葛亮则有"情同鱼水"的美谈。岑参晚年客居成都,也题下《先主武侯庙》:"先主与武侯,相逢云雷际。感通君臣分,义激鱼水契。遗庙空萧然,英灵贯千岁。"

刘备白帝城托孤,也是三国历史上一段著名的故事。刘备在病榻前对诸葛亮说:"君之才胜于曹丕十倍,一定能安邦定国,终成大事。若嗣子刘禅可以辅佐,请您辅佐他;如果他不成器,君请自行取夺。"诸葛亮痛哭流涕地回答说:"臣愿竭尽股肱之力,效忠贞之节,死而后已!"经过这一次托付,诸葛亮更加兢兢业业,他先是"五月驱兵入不毛,月明泸水瘴烟高"(胡曾《咏史诗·泸水》),平定了孟获的叛乱,继而向刘禅呈上《出师表》,踏上了六出祁山、北伐中原的漫漫征途。可惜时运难测,诸葛亮的北伐大计尚未成功,就因为"食少事烦",积劳成疾,病逝在五丈原。"长星不为英雄住,半夜流光落九垓"(胡曾《咏史诗·五丈原》),将星诸葛亮陨落之后,蜀汉的政权也就摇摇欲坠了。

尽管出师未捷身先死,后人还是永远地怀念着诸葛亮,追慕他"运筹帷

诗词里的家国情怀

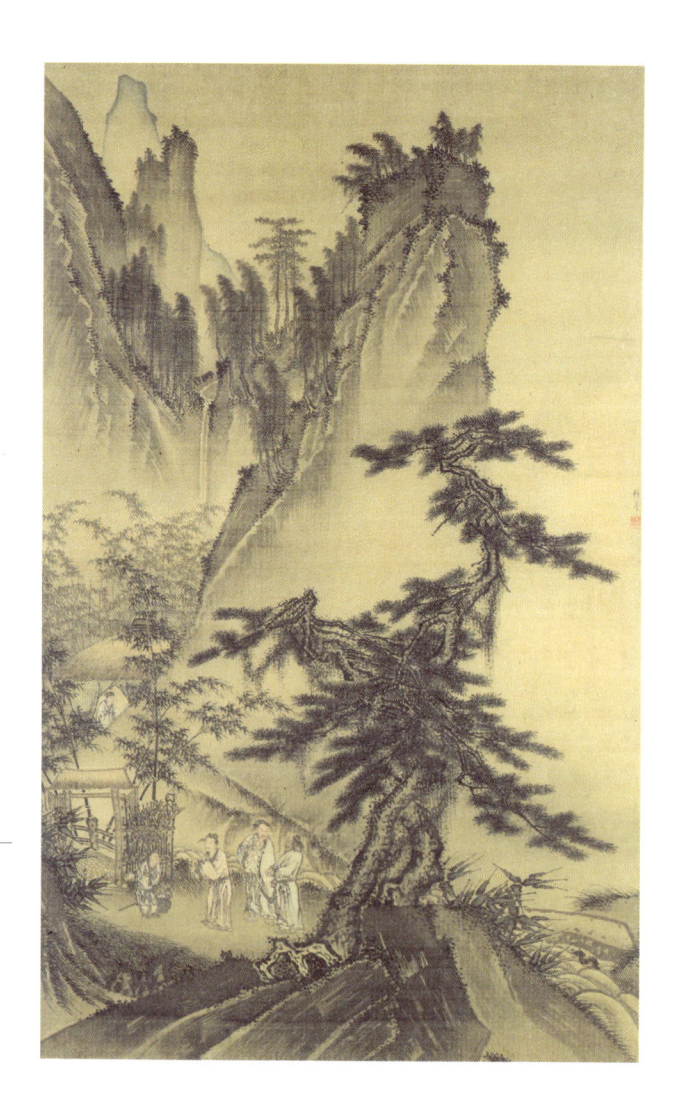

〔明〕戴进 《三顾茅庐图》

幄之中，决胜千里之外"的智慧和风采，怀念他鞠躬尽瘁的一生。诸葛亮的《出师表》也成了垂范后世的名篇，南宋安子顺说："读《出师表》不哭者不忠，读《陈情表》不哭者不孝"。这话虽说得重，却并非毫无道理。诸葛亮的《出师表》不单陈述了北伐的利害关系，更将自己对蜀汉、对先主刘备的一腔忠荩之情婉转道来。诸葛亮对刘禅来说，既是辅国的重臣，更是如父兄叔伯一样的长者。他在《出师表》里逐句叮咛，事无巨细，从怎么裁夺赏罚，到如何选拔文武、察纳雅言，都一一吩咐，唯恐书之不尽，辜负了先帝的嘱托，所谓"鞠躬尽瘁，死而后已"，信非虚言。

古人读《出师表》，无不为诸葛亮的忠诚耿介、苦心孤诣所感动，很多人都作诗表达自己读《出师表》的感受，像白居易《咏史》写道："托孤既尽殷勤礼，报国还倾忠义心。前后出师遗表在，令人一览泪沾襟。"元稹有《孔明庙赞》："英才过管乐，妙策胜孙吴。凛凛《出师表》，堂堂八阵图。"薛逢有《题筹笔驿》："出师表上留遗恳，犹自千年激壮夫。"文天祥也有《怀孔明》："至今《出师表》，读之泪沾胸。"他在慷慨就义之前写下《正气歌》，还再一次提起诸葛亮："或为《出师表》，鬼神泣壮烈。"

在诸葛亮的崇拜者里，杜甫大概是最有名的一位。他入蜀以后，几乎游遍了所有跟诸葛亮相关的古迹：成都武侯祠，夔州八阵图旧址，白帝城诸葛祠，他都一一寻访过，并且留下了许多感慨的诗篇，其中的《蜀相》一诗，可谓辉映千古：

> 丞相祠堂何处寻？锦官城外柏森森。
> 映阶碧草自春色，隔叶黄鹂空好音。
> 三顾频烦天下计，两朝开济老臣心。
> 出师未捷身先死，长使英雄泪满襟。

如今的成都武侯祠中题满了形形色色的楹联，其中不少都化用这首《蜀相》，像"三顾频烦天下计，一番晤对古今情"，"唯德与贤，可以服人，三顾频烦天下计；如鱼得水，昭兹来许，一体君臣祭祀同"。可见，杜甫对诸葛亮的评价深入人心。除了这首《蜀相》，武侯祠的对联中还有许多出自杜甫之句，比如"时艰每念出师表，日暮如闻梁父吟"化用"可怜后主还祠庙，日暮聊为《梁甫吟》"（《登楼》），而"诸葛大名垂宇宙，宗臣遗像肃清高""三分割据纡筹策，万古云霄一羽毛"则是直接取自杜甫的《咏怀古迹》其五。

杜甫景仰诸葛亮，不厌其烦地作诗题咏他，不只是为了抒发怀古之幽思，更是源于同一种忠荩赤诚的情感共鸣，这一种情感可以上溯到他的家庭，杜甫出身于一个仕宦忠孝之家。西晋著名的儒将，集政治、军事、学术才能于一身的杜预是他的十三世祖。"文章四友"之一、骄傲地自诩"衙官屈宋"的杜审言是他的祖父。他的叔父杜并在十三岁那年就为父报仇而死。他的外祖母是李唐义阳王李琮的女儿。当年武则天杀害李氏宗亲，义阳王和他的长子被捕下狱，次子请求替哥哥去死，结果一同被杀，幼小的女儿幸免于难，于是承担起照顾全家的责任，每日给父亲和哥哥们

葵藿倾太阳

〔元〕赵孟頫 《杜甫像》（局部）

探监送饭。后来的丞相张说称赞她的孝行："菲屦布衣，往来供馈，徒行悴色，伤动人伦。中外咨嗟，目为勤孝。"可见，杜甫一家称得上是满门忠孝，父亲带给他才学上的传承，母亲则使他与李唐王室有了血脉上的联系，杜甫受这种家庭氛围的熏陶，很早就有致君尧舜、解民倒悬的志向——即使后来他的壮志遭到现实的冷遇，先是在求仕时四处碰壁，再是流离失所、穷困潦倒，杜甫也从未怨恨过他的君主。在其名作《自京赴奉先县咏怀五百字》里，杜甫倾吐了自己的执着："杜陵有布衣，老大意转拙。许身一何愚，窃比稷与契。居然成濩落，白首甘契阔。盖棺事则已，此志常觊豁。穷年忧黎元，叹息肠内热。取笑同学翁，浩歌弥激烈。非无江海志，潇洒送日月。生逢尧舜君，不忍便永诀。当今廊庙具，构厦岂云缺？葵藿倾太阳，物性固莫夺。"

这首诗里既有自嘲，又有恳切，杜甫说：我活了大半辈子，非但没有变得圆滑，反倒越来越笨拙了。可叹自己怎么这样愚鲁，不去求取功名利禄，反而立志要做稷和契那样的人？历史上的稷是周人的先祖，曾经"教民稼穑"，契则是殷商的祖先，曾经做过大禹时的司徒。杜甫想要做这样的治世之臣，没想到半生过去，一事无成。他觉得自己就像庄子说的大瓠一样，大而无用，因此落得一生清贫辛苦。但说到底，他也是心甘情愿的。"穷年忧黎元，叹息肠内热。"杜甫一直为多灾多难的百姓而忧虑。在写这首诗的前一年，也就是天宝十三载（754）秋，大雨连续下了六十多天，田里的庄稼都被淹死了，平民住的茅屋土房也崩塌了很多，当时的宰相杨国忠却隐瞒灾情，对唐玄宗说："雨虽多，不害稼也。"唐玄宗听信了杨国忠的谎话，杜甫的忠言却无人倾听。他不是没想过放弃长安的困顿生活，归隐于江湖山野，倒也落得潇洒自在，但是想了又想，他还是放不下对于朝廷和君主的忠爱。

杜甫的这种忠诚，不仅来源于家庭的熏陶，还来自于他成长的经历。杜甫两岁那年，唐玄宗继位，当时的唐玄宗是一位年轻有为、励精图治的好皇帝。杜甫成长在唐朝最强盛美好的时光，见证过"开元之治，美比贞观"的盛世，因此，杜甫对唐玄宗一直抱有很高的期许，认为他是当代的尧舜，即使唐玄宗晚年失道昏庸，杜甫也不忍心过多地责难他，仍然一心想要辅佐他。杜甫的忠诚，正是"葵藿倾太阳，物性固莫夺"，像葵花和豆藿朝向太阳一样，植根于本性，任何人也无法改变。

杜甫不缺乏才能，也不缺乏忠诚，唯独缺乏能够赏识他、重用他的君王。因此，他无比向往诸葛亮和刘备之间的信赖和默契。刘备和诸葛亮在世之时，就有"如鱼得水"的美谈，他们作古以后，君臣的祠堂也一体，共同享受后人的祭祀："武侯祠堂常邻近，一体君臣祭祀同。"（《咏怀古迹》其四）杜甫的亲身经历告诉他，像诸葛亮这样的治世名臣得以施展抱负，和君主的赏识信任有着很大的关系，正是："君臣当共济，贤圣亦同时。"（《诸葛庙》）"洒落君臣契，飞腾战伐名。"（《公安县怀古》）诸葛亮与刘备的关系并不像后世君臣那样等级森严，而更像是和衷共济的战友关系，他用一生去辅佐刘备，不是因为愚忠，而是因为有"匡复汉室，还于旧都"的共同理想。

杜甫暮年移居夔州，当地也有孔明庙，相传庙前的翠柏是诸葛亮亲手种植的，因为这个原因，当地百姓从不砍伐它们，过往行人也绝不去攀折，因此，这些柏树长得蓊蓊郁郁，经历风风雨雨，已经是铜枝铁干、参天矗立。在杜甫看来，这些古柏仿佛是诸葛亮的化身一般：

> 孔明庙前有老柏，柯如青铜根如石。
> 霜皮溜雨四十围，黛色参天二千尺。
> 君臣已与时际会，树木犹为人爱惜。
> 云来气接巫峡长，月出寒通雪山白。
> 忆昨路绕锦亭东，先主武侯同閟宫。
> 崔嵬枝干郊原古，窈窕丹青户牖空。
> 落落盘踞虽得地，冥冥孤高多烈风。
> 扶持自是神明力，正直原因造化功。
> 大厦如倾要梁栋，万牛回首丘山重。
> 不露文章世已惊，未辞剪伐谁能送？
> 苦心岂免容蝼蚁，香叶终经宿鸾凤。
> 志士幽人莫怨嗟，古来材大难为用。

《古柏行》

诸葛亮一心为国，泽及百姓，所以在千百年过后仍然受到民众的爱戴，连他庙前的树木都不忍伤害。这古柏生长得高耸入云，"落落盘踞虽得地，冥冥孤高多烈风"，既是受益于天地神明的扶持，也是受到君臣相契的感

葵藿倾太阳

97

〔金〕任询行书　杜甫《古柏行》拓片

召,成了英雄浩气的象征。在最后四句里,杜甫的思绪转入了现实:古柏的味道清苦,仍然遭到蝼蚁的蛀蚀,就像诸葛亮这样的大人物,也免不了树大招风、招人猜忌,他出兵北伐的途中,就曾因为小人的谗言而被刘禅召回。幸而诸葛亮为人清正,没有被谣言撼动,就像柏树枝叶芬芳,终究为鸾凤所栖迟。但是在这个世道上,即便再出一个诸葛孔明,又有哪个君王肯去屈尊三顾呢?杜甫感叹说:"志士幽人莫怨嗟,古来材大难为用。"这句话来自庄子"不材之木"的寓言。庄子说,像柤梨橘柚这样的果树,因为"有用"而遭人摧折,而一棵粗百围、高如山的栎社树却无可施用,因此得全天年。人也是一样,即使是贩夫走卒,谁没有一技之长呢?这些小的才能容易找到用武之地,而诸葛亮这样的经天纬地之才,则非明主不能用。和庄子的避世不同,杜甫并不吝惜牺牲自身去当一个"有用"的栋梁之材,而庙前的古柏令杜甫联想到巨木难用、大才不遇的悲哀寂寞,不由得发出一声浩叹。

反观当时的社会状况,我们更能体会到杜甫的一番苦心。他在《夔州歌十绝句》中也写到武侯祠的松柏:"武侯祠堂不可忘,中有松柏参天长。干戈满地客愁破,云日如火炎天凉。"唐朝经过安史之乱,各地节度使拥兵自重、割据一方,随时都会反叛朝廷,而天下纷纷攘攘,"干戈满地",百姓更是深受其苦。杜甫提醒人们:不要忘记了诸葛武侯的祠堂,他希望天下人还记得诸葛亮的忠心赤胆、克己奉公,更希望世上再有刘备诸葛亮这样的明君贤臣,可以澄清宇宙,安抚黎民。

诸葛亮在政治和军事上的功绩已被载入史册,而杜甫又在这份历史的馈赠之上,再建立起一座文学的丰碑。后人经过这里,既会神往蜀相的文治武功,也会怀想老杜的低回沉吟。陆游写夔州,就把这两位先贤相提并论:

武侯八阵孙吴法,工部十诗韶濩音。
遗碛故祠春草合,略无人解两公心。
《思夔州》其二

陆游也是诸葛亮的追崇者,但他写诸葛亮的诗和杜甫有些许不同:杜甫一生官居微末,他向往诸葛亮和刘备之间的亲密投契,而陆游则终生以北伐复国为己任,对于诸葛亮"北定中原"的壮志深有感触。对于国家民族的危机感渗透于他读《出师表》的感触里,这在南宋的士子之中也是一种普遍的心理,像王十朋的《谒武侯庙》,就因诸葛孔明、关羽、张飞这些英雄人物而被激发出了抵御外侮的渴望:"丞相忠武,蜀之伊吕。……受命天子,来帅兹土。梦观八阵,果至夔府。庙貌仅存,风流可睹。旁有关张,一龙一虎。安得斯人,以消外侮?"

诸葛亮在隆中隐居时,曾自比管仲、乐毅,陆游则从小以管仲和诸葛亮自许,潜心修习文韬武略:"少时谈舌坐生风,管葛奇才自许同。闭户著书千古计,变名学剑十年功。"(《宿鱼梁驿五鼓起行有感》其二)。成年以后,他也和诸葛亮一样,渴望着收复故土,北定中原。然而事与愿违,陆游只在早年亲历过前线,而后便长久地身处乡野,一腔报国热忱无处释放。

陆游常读《出师表》，视诸葛亮为知己和楷模，每当读有所感，就付诸纸笔，挥毫写下他对诸葛亮的崇敬与仰慕："出师一表真名世，千载谁堪伯仲间。"（《书愤》）"出师一表千载无，远比管乐盖有余。"（《游诸葛武侯书台》）"凛然《出师表》，一字不可删。"（《感秋》）他甚至在病中也手不释卷：

> 病骨支离纱帽宽，孤臣万里客江干。
> 位卑未敢忘忧国，事定犹须待阖棺。
> 天地神灵扶庙社，京华父老望和銮。
> 出师一表通今古，夜半挑灯更细看。
> 　　　　　《病起书怀》

陆游写这首诗的时候，已经被免官移居成都。他在闲居卧病之时，犹然忧虑国家的命运，身处蜀地，令他更产生了一种历史和现实的交织感。当年刘备在白帝城病逝，蜀国正处在"天下三分，益州疲弊"的危急关头，诸葛亮一人承担起了拯救国家的使命，以《出师表》呈献后主，请求北伐。南宋的历史处境与当时的蜀国不无相似，甚至更加危急：宋、金、西夏三分天下，南宋虽然占有富庶的江南，但面对军事实力强大的金却屡屡战败，不但徽、钦二帝被扣押囚禁，朝廷还要年年向金称臣纳贡，这种屈辱令每一个有血性的南宋人都难以忍受。南宋初期几次北伐，一度击溃金兵，抗金将领岳飞壮怀激烈地宣布，要"待从头、收拾旧山河，朝天阙"(《满江红》)。但随着岳飞冤死狱中、韩世忠被解除兵权,其余支持北伐的文臣武将也纷纷被贬谪。陆游曾经递上万言《平戎策》,详谈北伐攻守之势,然而被朝廷否决,陆游所在的军幕也遭解散。陆游调任蜀中几年,又被主和派攻击"颓放""狂放",免去了参议官一职。国家正是危急存亡之秋,陆游无暇为自己的挫败而沮丧:"位卑未敢忘忧国,事定犹须待阖棺。"对国家的责任感驱使他抱病挑灯,又一次将诸葛亮的《出师表》翻出来细看。

诸葛亮出师未捷、病逝五丈原的悲凉结局,也常常令陆游扼腕。想到自己北伐的壮志无人理解,空老于林泉,不禁悲从中来。更可叹的是,诸葛亮病逝以后,尚且有姜维继承他的遗志,率军九伐中原,而陆游自己日渐衰老,南宋朝廷也一天天惯于苟且偷安,主张北伐的声音越来越稀疏了。陆游到了晚年,不但没有淡忘年轻时的壮志,而且越来越感到焦虑邃迫。他不停地追问:"一表何人继出师!"(《七十二岁吟》)在《自警》一诗中,陆游书写了他一生无法割舍的渴望:

少年不自量,妄意慕管葛。
晚节虽知难,犹觊终一豁。
悲哉老病马,解纵谁复秣。
既辞箠辔劳,始爱原野阔。
饮涧啮霜菅,亦可数年活。
勿复思长途,嘶鸣望天末。

起首的两句"少年不自量，妄意慕管葛。晚节虽知难，犹觊终一豁"，化用杜甫《自京赴奉先县咏怀五百字》："许身一何愚，窃比稷与契。……盖棺事则已，此志常觊豁。"杜甫想要成为稷与契这样的治国之臣，陆游则从小仰慕管仲、诸葛亮，可叹的是，虽然他们的才华直到暮年都没有得到施展，但早年的远大志向仍像一团不肯熄灭的火焰，令他们感到焦灼。陆游此时年事已高，他想到古人的诗："老骥伏枥，志在千里；烈士暮年，壮心不已。"（曹操《步出夏门行·龟虽寿》）这匹老马仍然有千里横行之心，却没有人给它喂一口粮草。它只能自己去饮山泉、嚼野草，即使只剩下数年残生、驰骋无望，也不甘与驽马骈死槽枥，依然向着天边嘶鸣不已。

陆游就是这样一匹老马，他在临终前仍然惦记着"王师北定中原日"，嘱咐儿子"家祭无忘告乃翁"（《示儿》）。当陆游经过诸葛亮曾经驻军的筹笔驿时，想起蜀汉在诸葛亮去世之后衰微的国运，又写下了一首《筹笔驿》：

运筹陈迹故依然，想见旌旗驻道边。
一等人间管城子，不堪谯叟作降笺。

筹笔驿是蜀国故地，诸葛亮曾在这里筹划北伐，在诸葛亮死后，光禄大夫谯周极力怂恿刘禅投降，并为后主作降书。陆游想，那支誊写降书的毛笔倘若有灵，该要为自己的使命感到多么羞愧难堪！后来，刘禅出降也经过筹笔驿，那里还遗留着诸葛亮当年布置的军营。国家的战与降、兴与亡，都集中在同一个地方，这种对比使得陆游感到痛心。筹笔驿这个小小的地方也因此著名，它见证过诸葛亮的呕心沥血："抛掷南阳为主忧，北征东讨尽良筹。"（罗隐《筹笔驿》）又冷眼看着他的心血付诸东流："千里山河轻孺子，两朝冠剑恨谯周。"（罗隐《筹笔驿》）李商隐的同名诗则更加著名：

  鱼鸟犹疑畏简书，风云常为护储胥。
  徒令上将挥神笔，终见降王走传车。
  管乐有才真不忝，关张无命欲何如。
  他年锦里经祠庙，梁父吟成恨有余。

  诸葛亮一生鞠躬尽瘁，只可惜后主刘禅并非可造之才，使得他终不免"有才无命"、抱恨而终的结果。不过，翻遍历史，也许诸葛亮的结局已经算不错，他在前半生得到刘备的知遇，后半生纵横驰骋，去世之后，后主刘禅亲自下诏吊唁他："惟君体资文武，明睿笃诚，受遗托孤，匡扶朕躬，……赠君丞相武乡侯印绶，谥君为忠武侯。魂而有灵，嘉兹宠荣。呜呼哀哉！呜呼哀哉！"（《三国志·蜀书·诸葛亮》）后世"有才无命"更甚于诸葛亮者，他们或如杜甫、陆游一般，一心忠荩报国却无人赏识；或更加惨烈，像汉朝的韩信，明朝的胡惟庸、蓝玉，在功成名就以后遭到君王的猜忌，落得个"兔死狗烹"的结果。刘禹锡曾经写过《韩信庙》一诗：

将略兵机命世雄，苍黄钟室叹良弓。
遂令后代登坛者，每一寻思怕立功。

这样的历史故事令很多人警醒，古人也渐渐认识到，"报国"和"忠君"有时候并不是一体的。国家是安身立命之所，保卫家园、报效国家固然万死不辞，而君王则不一样，他们虽然身披"真龙天子"的光环，可说到底也是凡人，再英明的皇帝也难免做几件糊涂事。再说，是凡人就会有私心，君主权倾天下，他一人的私心就常常压倒了民心——岳飞忠心耿耿，曾经亲手抄写《出师表》，想要效仿诸葛亮"鞠躬尽瘁，死而后已"，他率领的岳家军纪律严明，号称"冻死不拆屋，饿死不掳掠"（《宋史·岳飞传》），深受百姓爱戴；但对宋高宗来说，岳飞未必就比秦桧更懂得自己的心思。正当岳飞屡战告捷，准备"痛饮黄龙"之时，却被宋高宗用十二道金牌召回，以"莫须有"的罪名杀害。有人说，这是因为岳飞手握重兵，又参与到皇位继承人的争论中，犯了宋高宗的大忌；也有人说，岳飞想要收复失地，迎回被扣押的徽、钦二帝，使得宋高宗处境尴尬。杀害岳飞，也许满足了宋高宗一人的私愿，却等于毁掉了国家的万里长城，北伐大计功亏一篑，遗恨千年。

《宋史·岳飞传》里说，宋高宗召回岳飞，岳飞上表答诏，其"忠义之言，流出肺腑，真有诸葛孔明之风"。这位颇有武侯遗风的英雄，最后却死于他拼死效忠的宋高宗手里。当宋高宗用十二道金牌召他班师的时候，岳飞明知此行不但延误战机，而且凶多吉少，却不得不遵旨照

蔡襄倾太阳

[宋]岳飞手书《后出师表》

做；岳飞即使手握重兵，在皇权面前也逃不过"君要臣死，臣不得不死"的命运。

像这样令人扼腕的事，在历史上并不少见，还有一桩著名的公案，要从春秋时代的秦国说起。公元前621年，一代霸主秦穆公去世，在他西御戎狄、东进中原的生涯里，地处边陲的秦国取得了前所未有的瞩目地位，并且在《春秋》绝笔之前，也没有一个继承人能超越他的辉煌。生前的秦穆公被当作爱才的典范，他网罗了一大批名臣猛将，文有百里奚、蹇叔，武有孟明视、西乞术、白乙丙，就连传说中相马的奇士伯乐也在他麾下效力。有一次，秦穆公宴请群臣，大家举杯痛饮，秦穆公致祝酒词说："生共此乐，死共此哀。"在一片热闹的氛围下，子车奄息、子车仲行、子车鍼虎都慨然相许。但当时，他们也许只注意了秦穆公的前半句话，谁也没有认真地琢磨过后半句话，都没有想到，这样辉煌的盛宴中有死亡的阴影。

秦穆公死后，他的尸体被放在沉重的棺椁中，一百七十七个陪葬者也随着它步入幽暗的墓道，再也没能重见天日。这支队伍哆哆嗦嗦地往下走，其中就有承诺"死共此哀"的子车氏三兄弟。这三人都是秦国著名的贤良之才，围观的人认出了他们，都感到很痛惜，宁愿用自己的死去赎回他们。面对这场无可挽救的悲剧，秦人作《黄鸟》诗来抗诉："交交黄鸟，止于棘。谁从穆公？子车奄息。维此奄息，百夫之特。临其穴，惴惴其栗。彼苍者天，歼我良人。如可赎兮，人百其身。"《毛诗序》解释这首诗的大意，说《黄鸟》是哀悼三良的诗，秦人讽刺穆公用活人陪葬，所以写了这首诗。后世的诗人也常常作诗来描述这件事，比如王粲的《咏史诗》：

> 自古无殉死，达人所共知。
> 秦穆杀三良，惜哉空尔为。
> 结发事明君，受恩良不訾。
> 临没要之死，焉得不相随。
> 妻子当门泣，兄弟哭路垂。
> 临穴呼苍天，涕下如绠縻。
> 人生各有志，终不为此移。
> 同知埋身剧，心亦有所施。
> 生为百夫雄，死为壮士规。
> 黄鸟作悲诗，至今声不亏。

王粲说，用活人殉死并不符合古制，秦穆公以这三位贤臣来殉葬，实在令人不解。批评完秦穆公，王粲笔锋又一转，他不像《诗经》一样以旁观者的视角来写，而是从三良自己的视角来倾诉这件事：我们当年一同侍奉明主，受到他这么重的恩情，现在国君去世了，让我们去陪伴，我们怎么能推辞呢？虽然妻子儿女在门前扑簌簌地掉泪，兄弟们哭倒在路旁，可是"人生各有志"，我们不会为此而动摇，活着的时候是"百夫雄"，死的时候也要堂堂正正，成为天下壮士的楷模。

王粲这首《咏史诗》有一点值得玩味：他虽然在开头批评了秦穆公的残忍，但又从臣子的视角说话，且毫无拒绝赴死的余地，不仅如此，三兄弟几乎还把陪葬当成了自己"尽忠"的志愿，连一句怨言都没有，这跟岳飞的冤案何其相似？元朝官修的《宋史》批评宋高宗自毁长城，却绝不说岳飞当年可以抗命。君王可能会犯错，但臣子的绝对忠诚也是不容置疑的。

　　王粲这首诗的基调，在魏晋诗里一再重复，诗人都将三良的殉死看作是为秦穆公尽忠。像阮瑀的《咏史诗》既批评说"误哉秦穆公，身没从三良"，同时又称颂三良的忠烈："忠臣不违命，随躯就死亡。"他们走进黑魆魆的墓穴，仰头最后看一眼人世间的日月光辉，"低头窥圹户，仰视日月光"。如此绝望恐怖的一幕，竟然也阻挡不住他们赴死的决心："谁谓此可处，恩义不可忘。"

　　曹植的《三良诗》也说，三良慨然赴死，并非贪图功名，只是为了践行宴会上的约定："生时等荣乐，既没同忧患。"但他们赴死的恐惧和悲哀又是那么震慑世人，令人同情哀叹："谁言捐躯易？杀身诚独难！揽涕登君墓，临穴仰天叹。长夜何冥冥，一往不复还。黄鸟为悲鸣，哀哉伤肺肝。"

　　当时的诗人认为，秦穆公令三良殉死固然残忍可怖，却又是臣子无法抗拒的：秦穆公的知遇之恩给予了三良在人世间的价值，因此随着君王的死，臣子在人世间的意义也就终结了，父老妻儿不论怎样痛苦地挽留，三良也只能用"人生各有志，终不为此移"来支持自己的抉择。陶渊明的《咏三良》同样也陷入了两难，在"厚恩固难忘，君命安可违"和"良人不可赎，泫然沾我衣"之间，魏晋诗人的矛盾态度始终没有解决。

　　唐人柳宗元的《咏三良》诗，首次将这个题材写出了新意：

束带值明后，顾盼流辉光。
一心在陈力，鼎列夸四方。
款款效忠信，恩义皎如霜。
生时亮同体，死没宁分张。
壮躯闭幽隧，猛志填黄肠。
殉死礼所非，况乃用其良。
霸基弊不振，晋楚更张皇。
疾病命固乱，魏氏言有章。
从邪陷厥父，吾欲讨彼狂。

柳宗元直接地讽刺，秦穆公以人殉死，本就不合礼法，更何况是用国家的栋梁之材来殉葬。秦穆公留下这样残忍的遗命，他的继任者该要怎么处理呢？柳宗元引用了魏颗的典故，试图解决这种报恩和酷法之间的困境。《左传》记载，魏颗是春秋时晋国的大将，其父魏武子有一爱妾，魏武子得病时曾嘱咐魏颗，将爱妾另嫁他人，而在病重时，又让魏颗将爱妾殉葬。魏颗在父亲身故后，遵从父亲头脑清醒时的遗嘱，将其爱妾改嫁。后来，魏颗在战场上和秦国的大将杜回交战，正在难解难分之际，杜回突然摔倒。原来是一个老人将青草结成绊子，绊倒了杜回，魏颗大胜。当天夜里，魏颗梦见这老人，他自称是当年那位姬妾的父亲，特地来向魏颗报恩。

联想柳宗元的身世处境，他这首诗恐怕别有弦外之音：柳宗元在唐顺宗在位时参与过"永贞革新",试图改革中唐以来藩镇割据、宦官专权的弊病。然而改革只持续了二百余天,宦官和藩镇的势力就勾结反扑,趁唐顺宗中风病重,逼迫他退位,并拥立太子李纯,"永贞革新"宣告失败。太子李纯就是后来的唐宪宗,他即位后,把参与革新的"二王八司马"流放到各地。柳宗元作为其中的一员,先被贬为邵州刺史,在途中又被加贬为永州司马。对于唐宪宗废除先皇的革新措施及打击改革派的做法,柳宗元深感愤郁。他对于无辜赴难的三良,自然是心有戚戚焉:穆公之子拿国家的贤臣去殉葬,虽说是遵从遗命,却也因为这一残忍的做法而陷父亲于不义,使穆公在千百年后还被指责,并不是值得称赞的"孝举"。而唐宪宗废除父亲的改革,打击父亲任用的老臣的做法,不是更加恶劣吗?

此外,苏轼也写过两首咏怀三良的诗,两诗主旨大相径庭,颇值得玩味。第一首《秦穆公墓》作于苏轼从政的早期,其时任凤翔府签书判官,年二十六岁:

橐泉在城东,墓在城中无百步。
乃知昔未有此城,秦人以泉识公墓。
昔公生不诛孟明,岂有死之日而忍用其良。
乃知三子徇公意,亦如齐之二子从田横。
古人感一饭,尚能杀其身。
今人不复见此等,乃以所见疑古人。
古人不可望,今人益可伤。

葵藿倾太阳

〔明〕杜堇 《东坡题竹图》

在当时苏轼眼里，秦穆公既然能宽赦连续两次损兵折将的孟明视，又怎会残忍地用三良殉死？古人对一饭之恩尚能杀身相报，何况是对秦穆公的知遇之恩？三良的殉死出于他们舍生取义的高洁品性，在如今反而受到质疑，越发显示出今人的庸碌可悲了。

然而在苏轼晚年贬谪惠州的岁月里，他写了另一首《和陶咏三良》，立意与基调都和前作迥然有别：

> 此生太山重，忽作鸿毛遗。
> 三子死一言，所死良已微。
> 贤哉晏平仲，事君不以私。
> 我岂犬马哉，从君求盖帷。
> 杀身固有道，大节要不亏。
> 君为社稷死，我则同其归。
> 顾命有治乱，臣子得从违。
> 魏颗真孝爱，三良安足希。
> 仕宦岂不荣，有时缠忧悲。
> 所以靖节翁，服以黔娄衣。

苏轼的这种感悟可谓相当清醒，他将"社稷"与"君"分开来看待：三良只因为筵席上的一句祝酒词，就把重如泰山的生命像鸿毛一样弃掷了，他们是为君王个人而死，算不得有价值。相比于三良的殉死，苏轼更认同齐国的晏婴。其时齐国国君是齐庄公，一日，齐庄公到大夫崔杼家里去，和他的妻子棠姜私通，不料崔杼早已埋伏刀斧手，当场将庄公杀死。晏婴听闻噩耗，决定去吊唁齐庄公。晏婴到了崔杼门前，手下人担心地问："您这是要自杀为国君殉死吗？"晏婴说："难道他是我一个人的国君？我为什么要为他去死？"手下人再问："那您打算逃跑吗？"晏婴说："我难道有罪吗？为什么要跑？"手下人又问："那我们回家去吗？"晏婴说："国君死了，我们要回哪里去？我们做臣子的，应当要保护社稷，岂能只是为了俸禄钱粮？要是国君为社稷而死，那我也会随他去死；现在他是为自己的错误而死。眼下都有人弑杀君主了，我为何自杀？为何逃亡？又要回到哪里去？"说罢，晏婴踏进崔杼家，伏尸大哭。崔杼的手下想杀他，然而崔杼知道晏婴深得民心，最终不敢下手。

这段"晏子不死君难"的故事，真是浩气凛然。晏婴辅佐齐国三代国君，政绩斐然，司马迁认为他堪比管仲，连孔子也赞叹说："救民百姓而不夸，行补三君而不有，晏子果君子也！"（《晏子春秋》）苏轼认为，臣子事君，只有为社稷而死，才可谓死得其所。晏婴凡事考虑国家的大局，他不畏惧死，也不会为一人一言而轻易去死，这才是国家栋梁应有的气概，绝不像犬马乞食一样，唯君命是听。苏轼还说，"真孝爱"应像魏颗一样，辨明是非，顺从正道。

胡仔在《苕溪渔隐丛话》后集中引用《艺苑雌黄》，认为苏东坡的这首诗"独冠绝于古今"，他又分析说，苏轼年轻时写《秦穆公墓》，还是赞颂三良忠心耿耿，到老年写《和陶咏三良》，则立意完全相反，"晚年所见益高，超人意表"。在早年的时候，苏轼还对"君臣恩义"抱有浪漫想象。然而，这个忠诚正直的年轻人踏进官场，却几次因为仗义执言而遭到贬黜，特别是"乌台诗案"一事，几乎将他置于死地。苏轼早年的"明君"想象在现实的冲击下烟消云散，人生阅历让他逐渐变得理性，明白君王并不永远站在道义的一边。

现实的经历使苏轼变得成熟：现实里的君王虽不值得舍生相随，但仍然可以追随理想的道义。即使几经起落，苏轼也不改本色。他在朝廷的时候，不依附于新旧任何一党，万事以国家百姓的利益为重；被贬谪出京，所到之处他都"革新除弊，因法便民"，而这正是古代知识分子"从道不从君"的独立人格。他们对于君臣关系的理性思考，黄宗羲在《原君》中对其进行最深刻的阐释，他洞察了当时君王以天下为一人之私产的本质，激烈地批评这些被称为"独夫"的人"荼毒天下之肝脑，离散天下之子女，以博我一人之产业"，"敲剥天下之骨髓，离散天下之子女，以奉我一人之淫乐"。然而天下岂能永远地属于一家一姓呢？每一个自以为千秋万代的王朝历史都只是浩瀚宇宙中的一瞬，历代"天子"的后人们都已湮灭无闻，然而历史并不为之停留。黄宗羲说"天下为主，君为客"，显赫的君主不过是寄居一时的"客"，比起"忠君"，还是天下苍生的福祉更值得追寻。他们在依附君主以外，为自己开辟了一条安身立命之道：舍身于国家社稷，而非君主一人，这大概就是"报国"的最高形式吧！

忆昔开元全盛日

国祚兴衰

我们的先民很早就把诗歌的风貌和国家的命运联系起来，《诗·大序》中说："治世之音安以乐，其政和；乱世之音怨以怒，其政乖；亡国之音哀以思，其民困。故正得失，动天地，感鬼神，莫近于诗。"诗歌能够折射出一个时代的风貌，国家兴盛强大的时候，诗歌里也自然显现出自信进取的色彩，而国力衰微、危机四伏的时候，诗人的文字里则会流露出忧患的情绪。

　　拿唐代来说，这既是一个诗歌繁荣的时代，也是一个经历了漫长兴衰历程的朝代，唐诗作为当时最兴盛的文学形式，也最忠实完整地记录了这个王朝的起落：初唐诗的风神意气、盛唐诗的烂漫恣肆、中唐诗的沉吟思索、晚唐诗的哀感顽艳，都与那个时代的气息相吻合。唐代中国不愧是一个诗的时代、诗的国度，而诗歌也堪称唐朝最好的代言者。

一、唐诗的先声

唐诗的辉煌开始之前，最流行的诗歌题材是南朝的"宫体诗"。宫体诗滋长在南朝靡丽的宫闱之内，它描写宫廷里的风花雪月，或者美女的花容玉体。这一类诗多数写得轻浮靡艳，像南朝梁简文帝萧纲的《咏内人昼眠》：

> 北窗聊就枕，南檐日未斜。
> 攀钩落绮障，插捩举琵琶。
> 梦笑开娇靥，眠鬟压落花。
> 簟文生玉腕，香汗浸红纱。
> 夫婿恒相伴，莫误是倡家。

萧纲身为一国之主，竟然用写青楼女子的笔法来描写自己的妻子，实在让读者大跌眼镜。这类诗，虽然写得辞藻精美华丽，但毕竟过于柔靡，缺乏一点健康的情感色彩。此诗通篇都在描写妻子的衣着相貌，仿佛她是金瓶内供养的一朵芍药花，或者漆匣里睡着的一支七宝簪——美则美矣，却少了一点活泼的生命和情感。

后世对于这种文风有过很多的批评，《隋书·经籍志》就直接把它与风气的败坏、国家的衰亡联系起来："梁简文之在东宫，亦好篇什，清辞巧制，止乎衽席之间，雕琢蔓藻，思极闺闱之内。后生好事，递相放习，朝野纷纷，号为宫体。流宕不已，讫于丧亡。"

皇帝迷恋这种艳情的宫体诗，用宫体诗、骈俪文作为取才任官的标准，天下人自然投其所好，南朝的诗文于是一天天变得颓靡。这种文风常常被看作国势颓靡的象征，闻一多在《唐诗杂论·宫体诗的自赎》中就曾评论说："这专以在昏淫的沉迷中作践文字为务的宫体诗，本是衰老的、贫血的南朝宫廷生活的产物"。南朝的君臣沉迷于歌舞酒色，安于一方割据的小朝廷而不思进取。自身格局不大，自然也只能欣赏这种细巧柔靡的格调。

正当南朝的君臣在美人的舞袖下宴饮沉醉，北方的隋朝早已悄悄地崛起。隋文帝杨坚横扫六合，废除了西梁的后主萧琮，又击破陈朝，在后宫的枯井里活捉了陈后主陈叔宝。自西晋以来分裂割据了近三百年的中国，终于归于一统。以隋文帝的眼光来看，六朝以来的颓靡文风实在与这个新兴大国的气度不相符合。隋文帝还没有完成统一大业的时候，就已经下令反对宫体诗的淫靡风格："高祖初统万机，每念研雕为朴，发号施令，咸去浮华。然时俗词藻，犹多淫丽，故宪台执法，屡飞霜简。"（《隋书·文学传序》）

而隋文帝的继任者隋炀帝，虽然背负着"亡国之君"的恶名，但他又是个纵横睥睨的雄霸之才。和那些沉湎于靡靡之音的南朝皇帝不同，隋炀帝的诗里自有一种激扬进取的气度，明代陆时雍的《古诗镜》就称赞隋炀帝对六朝颓风的逆反，说"隋炀起敝，风骨凝然"，"隋炀从华得素，譬诸红艳丛中，清标自出"，"隋炀帝一洗颓风，力标本素。古道于此复存"。我们拿隋炀帝和陈后主的诗一对比，就能看出其中明显的不同，他们都以古乐府的《饮马长城窟行》为题写过边塞题材的诗，陈后主的诗是：

> 征马入他乡,山花此夜光。
> 离群嘶向影,因风屡动香。
> 月色含城暗,秋声杂塞长。
> 何以酬天子,马革报疆场。
>
> 《饮马长城窟行》

美国汉学家宇文所安在《初唐诗》里评价这首诗,说它"将战马嗅花香的温柔感情与为国牺牲的严肃誓言放在一起,实在不伦不类,这是因为陈后主的边塞经验纯粹是文学的"。六朝文风浮华矫饰,使得本来刚健爽朗的边塞诗也染上了柔靡的香粉味。陈后主"生于深宫之中,长于妇人之手"(王国维《人间词话》),在温柔富丽的江南水乡之间,怎能想象出边塞战争的残酷?

和陈后主不同,隋炀帝则有过实打实的征战经验,他曾经亲征吐谷浑,三征高句丽,打通河西走廊,大大扩张了隋朝的版图。他的《饮马长城窟行·示从征群臣》写得豪情万丈,充满了一代雄主的使命感:

> 肃肃秋风起,悠悠行万里。
> 万里何所行,横漠筑长城。
> 岂台小子智,先圣之所营。
> 树兹万世策,安此亿兆生。
> 讵敢惮焦思,高枕于上京。

北河秉武节，千里卷戎旌。
山川互出没，原野穷超忽。
拟金止行阵，鸣鼓兴士卒。
千乘万骑动，饮马长城窟。
秋昏塞外云，雾暗关山月。
缘岩驿马上，乘空烽火发。
借问长城侯，单于入朝谒。
浊气静天山，晨光照高阙。
释兵仍振旅，要荒事方举。
饮至告言旋，功归清庙前。

陈后主在江南的温柔水乡写《饮马长城窟行》，论真情实感自然比不上亲自饮马长城的隋炀帝。隋炀帝曾经北巡长城，与突厥的始毕可汗激战，又在大业三年（607）和大业四年两度修长城，调发丁男一百二十万。但这样"大手笔"的另一面也是残酷的，许多的青壮年还没有走到边疆就疲病而死，更别提边塞到处血流成河、万骨成枯，"天下死于役"。而且从这首《饮马长城窟行·示从征群臣》里，我们看不到隋炀帝对于那些被征发入伍的平民有任何的怜恤，也看不出士兵们为何而战。隋炀帝的字里行间只流露出一种对于权力和功名的迷恋。对他而言，他的士卒们是毫无生命感情的战争工具，将士们临兵列阵，拼死厮杀，换来的只是皇帝一人的荣耀："功归清庙前"。

忆昔开元全盛日

〔唐〕阎立本 《历代帝王图》隋炀帝像

这也预示了隋朝在繁荣背后的危机：隋炀帝连年兴兵征讨四方，又修筑长城、开凿运河，虽然功劳不可谓不显赫，但隋朝立国未久，就这样穷兵黩武、好大喜功，过早耗尽了国力。再加上隋炀帝喜好游乐享受，年年巡游四方，三下扬州，他每到一地，都大兴土木，建造奢靡的离宫。他写过一首记录这种寻欢作乐的《江都宫乐歌》，其中的声色繁华并不减于南朝的遗韵：

> 扬州旧处可淹留，台榭高明复好游。
> 风亭芳树迎早夏，长皋麦陇送余秋。
> 渌潭桂楫浮青雀，果下金鞍跃紫骝。
> 绿筋素蚁流霞饮，长袖清歌乐戏州。

尽管当时的农民纷纷揭竿而起，李密率领瓦岗军围逼东都洛阳，且发布檄文历数隋炀帝的十大罪状，隋朝的江山岌岌可危，隋炀帝却全然不顾。《资治通鉴》里记载，晚年的隋炀帝已经不复当年南征北战的锐意，他在江都沉湎于乐舞女色，广选江淮的民间美女充实后宫。在声色犬马之中，隋炀帝自己也隐隐地嗅到了末日的气息——他毕竟是绝顶聪明之人，于是时常揽镜自照，边看边对萧皇后说："好头颈，谁当斫之！"

隋炀帝最后死在了叛军宇文化及的手里，这颗既傲慢又聪敏的"好头颅"丧于他旧日部下的手里。临终前，隋炀帝愤恨地对他们说："我实在辜负了我的百姓，但你们这些人，谁没有享受过我给的荣华富贵？今天这叛乱，又是谁起的头？"看起来，隋炀帝对于自己的所作所为尚且有最后一点清醒的认识，他心里还对国家和百姓保留着一丝良知和愧疚。

二、初唐的风神

隋朝虽然短寿，却为后来的唐朝开辟了大一统的宏伟格局，隋炀帝时留下的京杭大运河更是成为一条贯通南北的大动脉，并且隋朝时开创的科举取士制度，也使得天下的寒门士子有了出头之日。相比于南北朝时期的门阀世族统治，这种开明的制度、开放的政治环境正是读书人梦寐以求的，年轻的士子们怀抱着治国平天下的理想踏上了仕途。隋朝也为后来的唐朝留下了一大批优秀的人才，如唐太宗时期的名臣魏徵，就曾经在讨伐隋炀帝的武阳郡丞元宝藏帐下为官，后来魏徵归降唐朝，以敢于犯颜直谏而闻名，为唐太宗的"贞观之治"立下了汗马功劳。

魏徵虽然不以写诗著名，但在他留下的寥寥几首诗中，也颇能当得起一句"文如其人"的评价。明代李攀龙编《唐诗选》，就把魏徵的《述怀》一诗放在了卷首，而清代评论家沈德潜则说它"气骨高古，变从前纤靡之习，盛唐风格发源于此"。的确，和六朝精美艳丽的诗歌比起来，魏徵的《述怀》要朴素得多，同时也"磊落露骨性"，崭露出一个时代的新声：

中原初逐鹿，投笔事戎轩。
纵横计不就，慷慨志犹存。
杖策谒天子，驱马出关门。

诗词里的家国怀

请缨系南粤[1]，凭轼下东藩[2]。
郁纡陟高岫，出没望平原。
古木鸣寒鸟，空山啼夜猿。
既伤千里目，还惊九折魂。
岂不惮艰险，深怀国士恩。
季布无二诺，侯嬴重一言。[3]
人生感意气，功名谁复论。

魏徵这首诗写于入仕李唐王朝以前，他年轻时投笔从戎，曾多次向瓦岗军的领袖李密献计，但都不被采纳，诗中"纵横计不就，慷慨志犹存"一句，写自己的计谋不被采纳，却仍然志气慷慨，并不因此灰心丧气——这确实是一代名臣的气量，魏徵并不介怀于一时的得失，而满怀着改造乾坤的豪情壮志。

魏徵记录自身经历的同时，还夹杂着用了许多的历史典故，像战国时的侯嬴、西汉的郦食其、季布，这些受到魏徵欣赏仰慕的前人，都是忠诚和信义的典范，他们或许因为功成而身死，却都为自己的国家建立了不可磨灭的功勋。和隋炀帝的诗比起来，魏徵的诗

---

[1] "请缨"一句，用的是西汉终军的典故。汉武帝时，南越王割据一方，终军自请出使南越，表示愿用长绳缚南越王来归顺："愿受长缨，必羁南越王而致之阙下。"但南越丞相吕嘉激烈地反对此事，并率军攻击汉朝的使者，终军亦因此被杀，死时年仅二十。

[2] "凭轼"一句，用的是郦食其的典故。楚汉相争时，刘邦帐下的郦食其游说齐王归汉，齐王以七十二城降汉。

[3] 季布和侯嬴都是历史上信守承诺的模范：季布为人仗义诚信，今天的"一诺千金"就从当时"得黄金百斤，不如得季布一诺"的民间谚语而来；侯嬴曾向信陵君献上"围魏救赵"的策略，击退了秦国的进攻，但他身为魏国人，仍然对此事怀有深深的愧疚，于是在事成后自刭而死。

更加朴素且直抒胸臆，充满了对于参与国家大事的热情。这是魏徵青年时代的风貌，也正是豪迈刚健的开国气象。当时的青年士子们怀抱着理想抱负，有着自尊自信的人格魅力。

初唐的风神，与它当时的国势有着直接的关联。我们认识中的初唐，是从唐高祖李渊开国算起，经历太宗李世民、高宗李治、武周武则天这几代皇帝，以唐玄宗即位为止点。这时候，天下一统，东西突厥、高句丽等强敌被击败，尊称唐皇为"天可汗"。经过数十年的休养生息、励精图治，各行各业都呈现出欣欣向荣的气派。这种积极进取的普遍心理、刚健活泼的气度，也反映到文学之中，很强烈地冲击了六朝诗风的香艳柔靡，但几代以来的积习毕竟难以一朝扫净，宫体诗的影响也没有完全消除，连刚猛坚毅的唐太宗，也曾经写过一些这样的艳情诗。

有一次，唐太宗写了一首宫体诗，命令虞世南写一首来唱和。

虞世南是当时著名的文士，他生长在南朝陈，曾经在隋炀帝帐下效劳，在唐太宗朝里也声名显赫，虞世南最著名的诗是赞颂蝉的高洁秉性的《蝉》：

垂绥饮清露，流响出疏桐。
居高声自远，非是藉秋风。
《蝉》

古人认为蝉"饮露而不食"，因此是最洁净的生灵。从这首诗里，我们大概可以看出虞世南的正直品性和清雅的审美情趣。

唐太宗要求他写艳情宫体诗，虞世南拒绝了，他说："圣上的诗作虽然工整，但题材并不属于雅乐正音。上有所好，下必有甚。臣怕这首诗一流传开，就会风靡天下，因此不敢奉召。"唐太宗为此感到很惭愧，说："朕只是试探你一下。"他打消了原先的念头，并且赐给虞世南五十匹绢帛作为赏赐。

这一次，唐太宗让虞世南写宫体诗唱和失败了，在虞世南的引导下，唐太宗写诗的格调逐渐地回到了"雅正"的传统上来。他们曾成功地写过一组题咏竹子的应和诗，赞美竹子经冬不衰的坚贞：

> 贞条障曲砌，翠叶贯寒霜。
> 拂牖分龙影，临池待凤翔。
>
> 李世民《赋得临池竹》

> 葱翠梢云质，垂彩映清池。
> 波泛含风影，流摇防露枝。
> 龙鳞漾嶰谷，凤翅拂涟漪。
> 欲识凌冬性，唯有岁寒知。
>
> 虞世南《赋得临池竹应制》

虞世南拂逆唐太宗对于宫体诗的喜好，太宗却毫不介怀，反而对这位德高望重的学者分外敬重。虞世南去世后，唐太宗追赠他为礼部尚书，并将他葬在为自己准备的昭陵，让这位忠诚而渊博的名臣永远与自己为伴。唐太宗在诏书里说："世南与我亲如一体，他为我拾遗补阙，未曾有一日疏忽，他这样的人，就是当代的名臣、人伦的楷模。现在他去世了，管理皇家典籍的人里再也没有能和他相比的。"后来有一次，唐太宗作了一篇述古论今的诗，写完了又叹息说："钟子期死了，俞伯牙就终生不复鼓琴。虞世南死了，我写这种诗又要拿给谁看呢？"李世民感到深深的孤寂，于是命令褚遂良把这首诗拿到虞世南的灵前焚化了，祈求虞世南泉下有知，还能感受到皇帝对他的思念。

若把眼光放到宫廷以外，最令人瞩目的诗人要数"初唐四杰"——骆宾王、王勃、杨炯、卢照邻四人，他们曾经得到杜甫"不废江河万古流"的评价。"初唐四杰"作为唐诗的先驱者，急不可待地要突破六朝的颓靡风格，唱出自己的新声。骆宾王七岁咏鹅，早早崭露出才华与锐意，他为讨伐武则天写的檄文"一抔之土未干，六尺之孤何托？"（《为徐敬业讨武曌檄》）竟然令武则天本人为之折服。王勃是个早逝的天才，他的《滕王阁序》虽然是六朝以来盛行的骈体文，但文辞典雅堂皇，气势丰沛浩荡，一句"落霞与孤鹜齐飞，秋水共长天一色"，犹如珍珠璞玉之光，纯乎天然，毫无扭捏雕琢之气。杨炯的"宁为百夫长，胜作一书生"（《从军行》），"丈夫皆有志，会见立功勋"（《出塞》），又是多么器宇轩昂、豪情胜慨。而卢照邻最著名的《长安古意》则描写春天长安城的盛景，折射出初唐的灿烂光华："长安大道连狭斜，青牛白马七香车。玉辇纵横过主第，金鞭络绎向侯家。龙衔宝盖承朝日，凤吐流苏带晚霞。百尺游丝争绕树，一群娇鸟共啼花。游蜂戏蝶千门侧，碧树银台万种色。复道交窗作合欢，双阙连甍垂凤翼。""生憎帐额绣孤鸾，好取门帘帖双燕。双燕双飞绕画梁，罗帷翠被郁金香。片片行云着蝉鬓，纤纤初月上鸦黄。鸦黄粉白车中出，含娇含态情非一。妖童宝马铁连钱，娼妇盘龙金屈膝。御史府中乌夜啼，廷尉门前雀欲栖。隐隐朱城临玉道，遥遥翠幰没金堤。挟弹飞鹰杜陵北，探丸借客渭桥西。俱邀侠客芙蓉剑，共宿娼家桃李蹊。娼家日暮紫罗裙，清歌一啭口氛氲。北堂夜夜人如月，南陌朝朝骑似云。南陌北堂连北里，五剧三条控三市。弱柳青槐拂地垂，佳气红尘暗天起。汉代金吾千骑来，翡翠屠苏鹦鹉杯。罗襦宝带为君解，燕歌赵舞为君开。"

这样精美豪华的铺陈，似乎沿袭了六朝的遗风，但它和宫体诗又有不同，宫体诗雕琢虽细，却多是没有生命情感的死物，而《长安古意》则龙腾虎跃、活色生香，给人一种大梦初醒的惊喜感，具这一种气势，正是因为内里有一种鲜活的情感和灵魂。这是一幅春天的长安图卷，当时的唐朝也正处在生机勃勃的春天：街上熙熙攘攘的人群，白天竞相聚集在王侯公卿的堂前，夜晚则到情人的红纱帐下共度春宵。人们追求现世的快乐，世间的一切都一天天更加繁茂，这不光是物质上的奢华，初唐人的情感也一样活泼热烈，且看诗中的名句："得成比目何辞死，愿作鸳鸯不羡仙。"这样一种强烈真挚的爱情，就像后代《牡丹亭》里唱的一样："情之所至，生者可以死，死者可以生。"和它比起来，《咏内人昼眠》这样的宫体诗显得多么单薄虚弱。而且和宫体诗的沉迷欲乐不同，《长安古意》在极尽繁华之余，还留有清醒的警戒:"节物风光不相待,桑田碧海须臾改。昔时金阶白玉堂,即今惟见青松在。寂寂寥寥扬子居,年年岁岁一床书。独有南山桂花发,飞来飞去袭人裾。"

和前文的喧闹比起来,《长安古意》的结尾倏然转为冷静,它尽管赞美了那么多春天的节物风光,描摹了那么多贵族的豪奢恣意,结尾处却提醒我们这一切的短暂,消解了人们的狂妄和贪恋,提醒我们宇宙本质的孤独与变化无常。与其说这是作者的说教,不如说这是一种狂热之中的清醒,是面对人生的直觉,是徘徊在浩瀚历史面前所感到的一阵战栗。

初唐人的这种生命直觉,在张若虚的《春江花月夜》里达到了顶峰:"江畔何人初见月?江月何年初照人?人生代代无穷已,江月年年只相似。不知江月待何人,但见长江送流水。"

闻一多在《唐诗杂论·宫体诗的自赎》中点评这几句,说这是"更夐绝的宇宙意识!一个更深沉,更寥廓更宁静的境界!在神奇的永恒前面,作者只有错愕,没有憧憬,没有悲伤"。

《春江花月夜》的旧曲是南朝陈的亡国之君陈叔宝所作,这一株香花生长在醉生梦死的陈朝宫廷里,曾经和《玉树后庭花》这样的靡靡之音一起演奏。《玉树后庭花》作为亡国之音流传了下来,但陈叔宝的《春江花月夜》却失传了,今人说起《春江花月夜》,只会想起张若虚这首天籁一般的仙音。它已然涤荡了宫体诗旧日的堕落和罪孽,被赋予了属于新时代的生命和灵魂。谈起这首诗的分量,闻一多说:"(《春江花月夜》)向前替宫体诗赎清了百年的罪,因此,向后也就和另一个顶峰陈子昂分工合作,清除了盛唐的路——张若虚的功绩是无从估计的。"

初唐的蓬勃新声，在陈子昂的《登幽州台歌》中达到了又一个顶峰：

前不见古人，后不见来者。
念天地之悠悠，独怆然而涕下。

陈子昂意识到，自己正处在继往开来的节点上，他站在历史文化的山峰上俯仰观察，感到悲欣交集：为个人在宇宙中的孤独微末而感到悲伤，又为目睹了宇宙和时间的浩瀚伟大而感动。陈子昂虽然看不到后来的历史，然而他敏锐地预见了一个大时代的来临——盛唐的大幕，即将拉开。

三、盛唐的风华

唐玄宗即位之初，大唐已经经受了几代人的耕耘和滋养，玄宗自己也展现出励精图治的气魄，他在《春中兴庆宫酺宴》的序中写自己所关心的国家大事："所宝者粟，所贵者贤。故以宵旰为怀，黎元在念。"唐玄宗在前人开创的"贞观之治"之上，又创造出更加繁荣鼎盛的"开元盛世"。国力强大、文化繁荣的唐朝吸引了各国前来经商和朝贡，成为傲视天下的雄邦。王昌龄有诗为证：

晋水千庐合，汾桥万国从。
开唐天业盛，入沛圣恩浓。

> 下辇回三象，题碑任六龙。
> 睿明悬日月，千岁此时逢。
> 　《驾幸河东》

　　王小甫教授在《中国历史系列·隋·唐·五代》中论述，唐朝"盛时疆域东至安东府（治今朝鲜平壤），西至安西府（治今新疆库车），南至日南郡（治今越南清化），北至安北府（治今蒙古国哈拉和林）"。这样辽阔的版图，是唐朝军事强大、所向披靡的战果。唐朝天之骄子对战争毫不畏惧，反而将其视为开疆拓土、建功立业的良机，在苍凉的边塞也能苦中作乐，不改豪迈激扬的本色，正是："晓战随金鼓，宵眠抱玉鞍。愿将腰下剑，直为斩楼兰。"（李白《塞下曲》其一）

> 青海长云暗雪山，孤城遥望玉门关。
> 黄沙百战穿金甲，不破楼兰终不还。
> 　王昌龄《从军行》其四

> 出身仕汉羽林郎，初随骠骑战渔阳。
> 孰知不向边庭苦，纵死犹闻侠骨香。
> 　王维《少年行》其二

　　盛唐的中国地域辽阔，国家人口几度增长，长安的住户尤其稠密，正是

"万户楼台临渭水,五陵花柳满秦川"(崔颢《渭城少年行》),"武卫千庐合,严扃万户深"(张九龄《和许给事中直夜简诸公》)。当时的社会经济也十分发达,杜甫的《忆昔》其二追忆当时的盛景:"忆昔开元全盛日,小邑犹藏万家室。稻米流脂粟米白,公私仓廪俱丰实。九州道路无豺虎,远行不劳吉日出。齐纨鲁缟车班班,男耕女桑不相失。宫中圣人奏云门,天下朋友皆胶漆。"

当时连年丰收,米价低廉,长安米价最贵也不过一斗二十文,开元年间,公家私家的仓库里都堆满了粮食,经济富裕稳定,人民也得以安居乐业。有了军事和经济上的保障,唐朝社会治安清平,河清海晏,交通也十分便利,商业日益繁荣。杜佑《通典》记载,唐朝的疆域"东至宋、汴,西至岐州,夹路列店肆待客,酒馔丰溢。每店皆有驴赁客乘,倏忽数十里,谓之驿驴。南诣荆、襄,北至太原、范阳,西至蜀川、凉府,皆有店肆,以供商旅。远适数千里,不持寸刃"。当时的社会风气良好,天下人相亲相爱,犹如一家。这种社会图景,几乎达到了《礼记》中描写的"大同"理想:"大道之行也,天下为公,选贤与能,讲信修睦。故人不独亲其亲,不独子其子,使老有所终,壮有所用,幼有所长,矜寡孤独废疾者皆有所养。男有分,女有归。货恶其弃于地也,不必藏于己;力恶其不出于身也,不必为己。是故谋闭而不兴,盗窃乱贼而不作,故外户而不闭"。

唐朝强盛的国力造就了国民飞扬蓬勃的精神面貌,滋养了繁荣的文学,当时从国君到大臣,乃至寒门穷士、山郭野老,且不论好坏,似乎人人都能吟上两句诗,王国维在《宋元戏曲考·序》中说"一代有一代之文学",诗在唐代就是"一代之文学"。唐玄宗也能作诗，他的诗歌展现出了帝王独有的胸襟抱负，试看他的《野次喜雪》一诗：

> 拂曙辟行宫，寒皋野望通。
> 繁云低远岫，飞雪舞长空。
> 赋象恒依物，萦回屡逐风。
> 为知勤恤意，先此示年丰。

不同于前代宫廷诗作的风花雪月，唐玄宗从漫天飞雪中感受到了丰收的喜悦及帝王的责任，诗的立意也相当朴素高致，与齐梁时代的帝王诗人不可同日而语。

庙堂之上，不仅有明君，还有名相，开元年间的姚崇、宋璟、张说、张九龄等几任宰相，都以正直贤明著称。其中张九龄自己就是一名出色的诗人，他的《望月怀远》堪称咏月一绝：

> 海上生明月，天涯共此时。
> 情人怨遥夜，竟夕起相思。
> 灭烛怜光满，披衣觉露滋。
> 不堪盈手赠，还寝梦佳期。

不仅如此，张九龄还提拔了一众著名的诗人。孟浩然以一首《临洞庭湖赠张丞相》见知于张九龄：

> 八月湖水平，涵虚混太清。
> 气蒸云梦泽，波撼岳阳城。
> 欲济无舟楫，端居耻圣明。
> 坐观垂钓者，徒有羡鱼情。

这真是一个奋发有为的时代，即使暂时没有一官半职的年轻人，只要能写得一手好诗，就不会永无出头之日。因此，他们身在江湖，心存魏阙，[4] 连孟浩然这样以隐逸闲散著称的人，平时号称"红颜弃轩冕，白首卧松云。醉月频中圣，迷花不事君"（李白《赠孟浩然》），然而眼观水天浩瀚之景，深感生逢盛世的责任感，也不免生出纵横沧海之志。

而以寄情山水田园、虔心事佛著称的王维，早年也曾献诗给张九龄："侧闻大君子，安问党与仇。所不卖公器，动为苍生谋。"（《献始兴公》）钟惺在《唐诗归》里评论说："不读此等诗，不知右丞胸中有激烈悲愤处。"这是王维的另一面，他虽然以"独坐幽篁里，弹琴复长啸"（《竹里馆》）一类的诗著称，却也写过许多壮怀激烈的边塞诗，像"风劲角弓鸣，将军猎渭城。草枯鹰眼疾，雪尽马蹄轻。忽过新丰市，还归细柳营。回看射雕处，千里暮云平"（《观猎》），"腰间宝剑七星文，臂上雕弓百战勋。见说云中擒黠虏，始知天上有将军"（《赠裴旻将军》），更不必说那句苍凉壮阔的"大漠孤烟直，长河落日

---

[4] 典出自《庄子·让王》："身在江海之上，心居乎魏阙之下。"

圆"(《使至塞上》)。不独王维一个,这种用世有为的志向几乎是盛唐的读书人所共有的。

在这样一个诗的国度里,诗坛高手如林,其中耸立着两座并峙的高峰:诗仙李白和诗圣杜甫。他们被称为唐诗灿烂星空里最耀眼的"双子星"。

李白有着飞扬恣肆的文采、雄奇烂漫的想象力,他的诗最契合当时的审美趣味,而他本人狂放的性格、高度的自信,也经常被人们当作盛唐精神的人格化——"天生我材必有用,千金散尽还复来"(《将进酒》),"安能摧眉折腰事权贵,使我不得开心颜"(《梦游天姥吟留别》),"仰天大笑出门去,我辈岂是蓬蒿人"(《南陵别儿童入京》),这种豪迈洒脱、放诞傲岸的性格,也只有在盛唐才显得最合时宜。今人余光中这么形容他:"酒入豪肠,七分酿成了月光/余下的三分啸成剑气/绣口一吐就半个盛唐"(《寻李白》)。

李白在当时就已经名满天下,比他小十一岁的杜甫就是他的崇拜者之一,杜甫说李白:"秋来相顾尚飘蓬,未就丹砂愧葛洪。痛饮狂歌空度日,飞扬跋扈为谁雄?"(《赠李白》)"昔年有狂客,号尔谪仙人。笔落惊风雨,诗成泣鬼神。"(《寄李十二白二十韵》)"李白斗酒诗百篇,长安市上酒家眠。天子呼来不上船,自称臣是酒中仙。"(《饮中八仙歌》)

李白生逢盛世,又有着不世出的才华,他的心气志向是极高的:"我志在删述,垂辉映千春。希圣如有立,绝笔于获麟。"[5](《古风》)

---

5 此处用孔子的典故。孔安国《尚书序》:"先君孔子,生于周末,睹史籍之烦文,惧览之者不一,遂乃定礼乐,明旧章,删《诗》为三百篇,约史记而修《春秋》,赞《易》道以黜《八索》,述职方以除《九丘》。"又《春秋》哀公十四年春天,提到"西狩获麟",孔子认为其所出非时,为之落泪,并叹息道:"吾道穷矣。"李白此处以孔子自比,吐露出不到"获麟"不辍笔的豪言。

"如逢渭水猎，犹可帝王师。"（《赠钱徵君少阳》）他拿孔子作为人生榜样，希望可以领袖文坛，做"帝王师"[6]，成为彪炳千古的圣贤，又或者是"但用东山谢安石，为君谈笑静胡沙"[7]（《永王东巡歌》其二），运筹帷幄之中，决胜千里之外。

李白凭借自己的诗名，在长安结识了许多名家望族。比如贺知章读了他的《蜀道难》《乌栖曲》，惊诧地称他为"谪仙人"。通过这些人的举荐，唐玄宗也读到了李白的诗，并大为赞叹，皇帝亲自降辇步迎，召他入宫，"以七宝床赐食于前，亲手调羹"。这礼节不可谓不隆重，而玄宗对于李白的诗才究竟有多么看重呢？唐人李濬在《松窗杂录》中记载，唐玄宗一日与杨贵妃同赏牡丹花，如此良辰，岂可缺了歌舞伎乐？旧日的曲辞早已听得腻味，唐玄宗让李龟年持金花笺宣赐翰林学士李白，请他写三章《清平调》词。李白宿醉犹未解，带着三分朦胧酒意援笔立就：

其一
云想衣裳花想容，春风拂槛露华浓。
若非群玉山头见，会向瑶台月下逢。

其二
一枝红艳露凝香，云雨巫山枉断肠。
借问汉宫谁得似，可怜飞燕倚新妆。

[6] 此处用姜子牙垂钓渭水、受知于周文王的典故。
[7] 此处用谢安指挥淝水之战时的典故。《世说新语·雅量》："谢公与人围棋，俄而谢玄淮上信至。看书竟，默然无言，徐向局。客问淮上利害，答曰：'小儿辈大破贼。'意色举止，不异于常。"

忆昔开元全盛日

〔宋〕梁楷 《李白行吟图》

其三

名花倾国两相欢，常得君王带笑看。
解释春风无限恨，沉香亭北倚栏杆。

这几首诗绮艳无匹、春风满纸，与杨贵妃的倾世绝色相称，但它和李白当初的理想抱负比起来，不得不令人感到遗憾。唐玄宗给李白的待遇虽然丰厚，却没有把李白当成治世之才来委以重任，只是令他在御驾前后做侍从，舞文弄墨，夸饰太平，说到底，不过是把他当作一个出色的御用文人。宫廷里的文人嫉妒李白的得宠，但李白却何尝为此感到得意？杜甫为他鸣不平："冠盖满京华，斯人独憔悴。"（《梦李白》）李白自己也悲哀地叹息道："报国有壮心，龙颜不回眷。"（《江夏寄汉阳辅录事》）"珠玉买歌笑，糟糠养贤才。"（《古风》）这话并不是单纯的牢骚——当时的唐玄宗久享太平，早年的进取精神消磨殆尽，每日只知与杨贵妃饮酒作乐，在他心里，各种国家大事都被安排得尽善尽美，大江南北"野无遗贤"，国家没有什么值得操心的事情，世上也没有一个失落的贤才。

这并不是李白一人的遭遇，他至少还在君王面前放诞恣肆过一段时日，相比于年轻的杜甫已经幸运许多。早年的杜甫也有过浪漫的壮游岁月，他在齐赵之间经历过裘马轻狂的游猎："春歌丛台上，冬猎青丘旁。呼鹰皂枥林，逐兽云雪冈。射飞曾纵鞚，引臂落鹜鸧。"（《壮游》）又在泰山之巅抒发过"会当凌绝顶，一览众山小"（《望岳》）的豪情。当年，他也像李白一样洒脱，富于激情和理想，但也有一点不同，李白似乎更痴迷于修仙练道，他笑"尧舜之事不足惊"(《怀仙歌》),而杜甫则是一个纯粹的儒者,他要"致君尧舜上"(《奉赠韦丞丈二十二韵》)。闻一多在《唐诗杂论·杜甫》中说:"这时的子美,是生命的焦点,正午的日曜,是力,是热,是锋棱,是夺目的光芒。"他当年写的《房兵曹胡马》和《画鹰》,都是他自己的写照:

> 胡马大宛名,锋棱瘦骨成。
> 竹批双耳峻,风入四蹄轻。
> 所向无空阔,真堪托死生。
> 骁腾有如此,万里可横行。
> 《房兵曹胡马》

> 素练风霜起,苍鹰画作殊。
> 㧐身思狡兔,侧目似愁胡。
> 绦镟光堪摘,轩楹势可呼。
> 何当击凡鸟,毛血洒平芜。
> 《画鹰》

这是杜甫平生最快意的时光,可惜这样的时间飞快地过去了,闻一多在《唐诗杂论·杜甫》中又说"那期间是他命运中的朝曦,也是夕照,那几年的经历是射到他生命上的最始和最末的一道金辉",从此以后,世道一天天混乱,他的生活也一天天潦倒——杜甫曾经想通过科举进仕,但当时的宰相已经不是惜才的张九龄，而是有"口蜜腹剑"之称的李林甫。唐玄宗曾经下诏采选天下士子，李林甫为了自己的官位不受威胁，先是假意地进行了一番甄选考试，而后一人不取，反而对玄宗道喜说："民间再也没有遗漏的人才了。"杜甫满怀希望地参加了考试，结果一无所获。杜甫没有放弃，他又趁玄宗在天宝十载（751）祭祀天地的机会，献上三篇大礼赋，这一回终于令皇帝青眼相看，命令他在集贤院听候选用，但此时的主事者仍然是李林甫，杜甫的仕途又一次成了泡影。

在困居长安的这段岁月里，杜甫"朝叩富儿门，暮随肥马尘。残杯与冷炙，到处潜悲辛"（《奉赠韦左丞丈二十二韵》）。他目睹了繁荣之下的浊流，以一首充满悲怆愤慨的《自京赴奉先县咏怀五百字》，揭露了"盛世"锦袍之下的疮疤：当时的贫富差距已经悬殊，富贵人家是"中堂舞神仙，烟雾蒙玉质。暖客貂鼠裘，悲管逐清瑟。劝客驼蹄羹，霜橙压香橘"，犹如天上人间，但盛景的另一面却是强烈的反差："朱门酒肉臭，路有冻死骨。"富家与贫家的生活判若云泥。因为长年贫穷困窘，杜甫的小儿子夭折了："入门闻号咷，幼子饿已卒。吾宁舍一哀，里巷亦呜咽。所愧为人父，无食致夭折。"在歌舞升平的盛世里，还会发生饿死人的惨剧。杜甫出身仕宦之家，可以免除租税徭役，"生常免租税，名不隶征伐"，他的生活尚且如此艰难困顿，那些普通老百姓的处境就可想而知。

盛唐的神话在此时已经露出了裂痕，繁荣富贵的表象掩盖着百姓的普遍贫穷，安禄山表面上讨好唐玄宗和杨贵妃，背地里却在范阳厉兵秣马、高筑城墙，包藏着反叛之心。在朝廷内外，种种流言蜚语已经甚嚣尘上，只是唐玄宗久享太平，思想麻痹，仍然毫无警惕防备之心。天宝十一载（752），杜甫与高适、岑参、储光羲、薛据几位大诗人同游登塔，杜甫写下了一首《同诸公登慈恩寺塔》：

> 高标跨苍穹，烈风无时休。
> 自非旷士怀，登兹翻百忧。
> 方知象教力，足可追冥搜。
> 仰穿龙蛇窟，始出枝撑幽。
> 七星在北户，河汉声西流。
> 羲和鞭白日，少昊行清秋。
> 秦山忽破碎，泾渭不可求。
> 俯视但一气，焉能辨皇州？
> 回首叫虞舜，苍梧云正愁。
> 惜哉瑶池饮，日晏昆仑丘。
> 黄鹄去不息，哀鸣何所投？
> 君看随阳雁，各有稻粱谋。

这首登高望远的诗，和杜甫早年的《望岳》比起来，颇有值得玩味的地方。在杜甫还年少，玄宗也还勤政有为的时代，他眼中的世界是造化钟神秀，一览众山小，满怀着舍我其谁的气魄。而此时的世界则越发浑浊模糊起来："秦山忽破碎"，在古人眼里是君王失道的象征；"泾渭不可求"，泾

诗词里的家国情怀

忆昔开元全盛日

〔唐〕张萱 《虢国夫人游春图》（局部）

河清，渭水浊，本来是很分明的，但此时也显得难以分辨，就像这个清浊不明的世道一般。

和杜甫同行的诗人并没有显露出这样的忧虑，他们写了一组咏同诸公登慈恩寺塔的诗，高适写的是"香界泯群有，浮图岂诸相"（《同诸公登慈恩寺浮图》），储光羲是"俯仰宇宙空，庶随了义归"（《同诸公登慈恩寺塔》），岑参是"净理可了悟，胜因夙所宗"（《与高延薛据同登慈恩寺浮图》），众人谈论佛道、游兴颇佳，只有杜甫的思绪显得沉重，他似乎没有受到佛门清净之地的抚慰，而看到了大乱来临的征兆——此时离安史之乱只有三年了。浦起龙在《读杜心解》中点评杜甫这首诗，说："乱源已兆，忧患填胸，触境即动。只一凭眺间，觉山河无恙，尘昏满目。"

杜甫比同代诗人伟大之处，正在于这种卓越的远见。早在安史之乱爆发之前，杜甫的诗歌中已经透出了忧患的味道，像《丽人行》写杨氏姐妹娇艳豪华，杨国忠权势熏天："三月三日天气新，长安水边多丽人。态浓意远淑且真，肌理细腻骨肉匀。……杨花雪落覆白蘋，青鸟飞去衔红巾。炙手可热势绝伦，慎莫近前丞相嗔。"还有《兵车行》讽刺天宝十载对南诏用兵："边庭流血成海水，武皇开边意未已。"杜诗对时事的敏锐，下笔的辛辣大胆，都是时人罕见的。

可惜的是，唐玄宗的耳目早已被声色所迷，无法看见"盛世"之下潜伏的危机。当安禄山谋反的消息传来，不仅朝野震惊，整个盛唐的诗人们也陷入了张皇错愕的失语状态，只有杜甫早已完成了社会生活和艺术表现上的积累，因此，也只有他的作品能够展现大乱世的面貌，堪称"诗史"。杜甫有比其他盛唐诗人更广阔的社会视野，他不断探索千变万化的诗歌风格，胡应麟在《诗薮·内编》中说："盛唐一味秀丽雄浑。杜则精粗、巨细、巧拙、新陈、险易、浅深、浓淡、肥瘦，靡不毕具，参其格调，实与盛唐大别，其能荟萃前人在此，滥觞后世亦在此。"

因此，杜甫虽然被归类到盛唐诗人的队伍里，但实际上他已经走出了盛唐，这种超前性使得他的官职和诗名都姗姗来迟。但越到后世，人们就越能理解杜甫的深刻伟大之处，像王安石曾说："所以见公像，再拜涕泗流。推公之心古亦少，愿起公死从之游。"（《杜甫画像》）陆游也为杜甫的遭遇而不平："看渠胸次隘宇宙，惜哉千万不一施！空回英概入笔墨，生民清庙非唐诗。向令天开太宗业，马周遇合非公谁？[8]后世但作诗人看，使我抚几空嗟咨！"（《读杜诗》）

四、中唐诗的沉吟

天宝末年的大乱成为大唐国运的转折点，唐诗的风味也随之一变。说到中唐的诗，有一种传统说法是"诗到中唐，气骨顿衰"。所谓"气骨"，指的是诗歌的情绪思想、胸襟气度。似乎诗到中唐，顿时就带上了一种中年的味道，不复盛唐时候的豪迈昂扬、意气风发。其实，诗歌的气象与国家的气象是息息相关的，盛唐诗歌那种汪洋恣肆的风貌，背后是强盛的国力和清平的政治环境在支撑。在那个时候，有才华的人总不会被埋没太久，天地之大，总能找到用武之地。因此，人人都有一种无所

---

[8] 此处用初唐马周的典故。马周是唐太宗时期名臣，早年孤贫，然而因办事周密又善于言辞，得到唐太宗的赏识重用。马周去世后，唐太宗令其陪葬昭陵。

畏惧的气魄，对社会人生也总是抱有理想和信念。

但一场安史之乱惊破了盛唐的霓裳羽衣曲，它不仅打碎了唐朝开国以来百余年的太平，给国家和百姓带来了巨大伤害，还深刻地改变了人们的心态和情绪，给唐人原先满溢的自信笼上了阴影。拿现代社会类比，一场"9·11"事件就能震动整个美国的社会心理，使得第一大国的骄傲乐观不复往昔，我们可以想象，唐朝那一场颠倒乾坤的大动乱令当时的人们受到了怎样的震惊。

因此，即使不是直接描写社会现实的诗，也会被大环境的情绪所沾染。同是题咏暮春的诗，盛唐孟浩然的《春晓》是："春眠不觉晓，处处闻啼鸟。夜来风雨声，花落知多少。"尽管有惜花之心，但春意犹浓，晓来雨过天晴，莺燕呢喃，整首诗节奏轻快，给人一种活泼烂漫、天真娇憨之感，而中唐韦应物的《滁州西涧》是："独怜幽草涧边生，上有黄鹂深树鸣。春潮带雨晚来急，野渡无人舟自横。"如果说前一首是少年不识愁滋味的轻甜，后一首就弥漫着饱经世事沧桑、悲欢离合总无情的萧瑟味道。

再拿送别诗来看，初唐人是"海内存知己，天涯若比邻。无为在歧路，儿女共沾巾"（王勃《送杜少府之任蜀州》），而盛唐的人是"莫愁前路无知己，天下谁人不识君"（高适《别董大》），"洛阳亲友如相问，一片冰心在玉壶"（王昌龄《芙蓉楼送辛渐》）。即便离别就在眼下，难免忧伤感怀，他们也是惆怅之中有劝勉，不舍之中有安慰："渭城朝雨浥轻尘，客舍青青柳色新"（王维《送元二使安西》），"风吹柳花满店香，吴姬压酒唤客尝"（李白《金陵酒肆留别》），"桃花潭水深千尺，不及汪伦送我情"

（李白《赠汪伦》）。

对于初唐和盛唐的人来说，告别是为了追求新的前程。他们或是奔向边塞去杀敌建功，或是带着自己的诗游历京都，期待一举成名天下知。那时候，人人都期待着远方，对于未来充满了希望。而中唐以后，这种梦想破碎了大半，国家满目疮痍，人们为了生计疲于奔忙，为茫茫不可知的明天而忧虑，在送别亲友时，这种对现实的忧患感也加重了诗人的忧心：

> 去年花里逢君别，今日花开已一年。
> 世事茫茫难自料，春愁黯黯独成眠。
> 身多疾病思田里，邑有流亡愧俸钱。
> 闻道欲来相问讯，西楼望月几回圆。
>
> 韦应物《寄李儋元锡》

离别本来是两位友人之间的事，但此时也被时局的大环境所影响。"身多疾病思田里，邑有流亡愧俸钱"，原先应该在田里耕种的农民被战争和赋税徭役所逼迫，成了流离失所的难民。对国家的忧虑成为压在韦应物心头的一块巨石，与病魔一起折磨着他的身体，他的国家又何尝不是多疾多灾呢？处在这样的社会之中，自己的将来尚且难以预料，远在他乡的友人就更令人担忧了。

韦应物的担忧并不是多余的，实际上，中唐的社会现实使每一个清醒的人都感到忧虑：藩镇割据，宦官专权，赋税沉重，官吏盘剥，天灾频仍……

"内忧外患"正是中唐社会的写照。因此,中唐的诗歌里有许多反映社会问题、关心民生疾苦的名作。像王建的《当窗织》:

> 叹息复叹息,园中有枣行人食。
> 贫家女为富家织,翁母隔墙不得力。
> 水寒手涩丝脆断,续来续去心肠烂。
> 草虫促促机下啼,两日催成一匹半。
> 输官上顶有零落,姑未得衣身不著。
> 当窗却羡青楼倡,十指不动衣盈箱。

耕者不得食、织者不得衣的情况,在当时的社会中非常普遍,诗里的织女在严寒的天气里劳作,十指被冰冷的水冻僵,蚕丝又脆弱易断,而她两天就要织成一匹布,交了官府的税,剩下的还不够给婆婆做一件完整的衣服。这样繁重的劳动、艰苦的环境,使得良家女子竟然羡慕起往常被社会所不齿的青楼女子:她们十指不拈针,衣箱里却有穿不完的绫罗绸缎。这种"羡慕"虽说和主流的观念相悖逆,却令人不能不同情。《管子》说"仓廪实而知礼节,衣食足而知荣辱",而在这种恶劣的生存条件下,所有的美德都成了奢谈,贫家女这一丝没有说出口的动摇,正说明整个社会逼良为娼的悲哀。

中唐时民生的艰难,和当时统治者的搜刮无度有着很大的关系。白居易写过一首《杜陵叟》,是当时社会的写照:

杜陵叟，杜陵居，岁种薄田一顷余。
三月无雨旱风起，麦苗不秀多黄死。
九月降霜秋早寒，禾穗未熟皆青干。
长吏明知不申破，急敛暴征求考课。
典桑卖地纳官租，明年衣食将何如？
剥我身上帛，夺我口中粟。
虐人害物即豺狼，何必钩爪锯牙食人肉？
不知何人奏皇帝，帝心恻隐知人弊。
白麻纸上书德音，京畿尽放今年税。
昨日里胥方到门，手持尺牒榜乡村。
十家租税九家毕，虚受吾君蠲免恩。

唐宪宗元和三年（808）春，天下大旱，农民种下的禾苗多半焦渴而死，九月又遇秋霜早降，禾穗还没生长饱满就干浆了。这一年天灾频发，庄稼歉收，但地方官为了自己的业绩，都隐瞒灾情，只知催逼租税，不顾农民的死活。当时白居易担任左拾遗，他的职责是"补察时政""裨补时阙"，负责指正朝廷政策的疏失。白居易目睹这样的情形，上书力陈民生疾苦，请求朝廷减免租税，救民于水火。唐宪宗批准了白居易的奏请，还下了一道"罪己诏"反省自己的过失。但正所谓"上有政策，下有对策"，那些只图升迁的地方官员阳奉阴违，故意对减租的事拖延不办，等朝廷的诏书下到乡村，农民的租税早已收完十分之九，"减租"的政策成了一纸空文。

自然界的灾害给农民带来了巨大的伤害,但对达官贵人的奢侈享受并没有丝毫影响,尤其是朝中的宦官,他们的权力在中唐以后越发膨胀,朱绂紫绶在握,掌管着军权和政权。白居易的《秦中吟·轻肥》一诗,就揭露了这些人在灾荒年份的奢靡生活:

> 意气骄满路,鞍马光照尘。
> 借问何为者,人称是内臣。
> 朱绂皆大夫,紫绶悉将军。
> 夸赴军中宴,走马去如云。
> 樽罍溢九酝,水陆罗八珍。
> 果擘洞庭橘,脍切天池鳞。
> 食饱心自若,酒酣气益振。
> 是岁江南旱,衢州人食人!

这些原本负责照料皇帝饮食起居的宦官,权力膨胀到了人人侧目的地步。早在唐玄宗的时候,就有著名的大宦官高力士,原本身为寿王妃的杨玉环就是在他的"举荐"下成为玄宗的贵妃。高力士之后,又有李辅国、程元振、鱼朝恩几个大宦官,他们由于和皇帝亲近,可以"手握王爵,口含天宪",得到了发号施令的权力。其中的李辅国亲自参与"马嵬坡之变",逼死杨国忠、杨玉环兄妹,并且带走了玄宗的一部分军队,令他退位称太上皇。李辅国拥戴唐肃宗即位有功,被擢升为太子家令,判元帅府行军司马,掌管了四方奏章和御前符印军号，权倾朝野。中唐以后，这些宦官的势力更与藩镇势力相勾结，连皇帝也无力约束他们，到了晚唐，宦官甚至可以主宰皇帝的废立生杀，权力达到了巅峰。像白居易这样凭借科举进仕的官员，在国家大事上几乎没有一席之地，他目睹宦官种种骄横的行径、奢靡的生活，怎能不感到愤慨？一边是宦官醉饱山珍海味，另一边则是江南大旱，灾区"人食人"。天灾人祸之下，国家怎能不衰败？

白居易写了许多这样反映民生疾苦的诗，可惜并没有真正令皇帝警醒。忠言进谏怎能比宦官的甜言蜜语更动听？白居易在《与元九书》中说："凡闻仆《贺雨》诗，而众口籍籍，已谓非宜矣；闻仆《哭孔戡》诗，众面脉脉，尽不悦矣；闻《秦中吟》，则权豪贵近者相目而变色矣；闻《乐游园》寄足下诗，则执政柄者扼腕矣；闻《宿紫阁村》诗，则握军要者切齿矣。"

白居易的忠言招来了当权者的嫉恨，因为宦官和藩王的势力已经织成了一张恢恢巨网，将整个国家笼罩在其中，即使有士人不甘心看着国家就此腐朽堕落——像王叔文等人曾经主持过"永贞革新"，试图削夺宦官和藩镇的权力，但最终还是因为敌众我寡而失败了。强大的黑暗势力吞噬了朝中正直的声音，使得唐王朝失去了革故鼎新的可能，这个曾经如日中天的大帝国，也终于成了西沉的血色斜阳。

五、晚唐的哀艳

晚唐社会可谓是内外交困：国境以外，回鹘、吐蕃的军队乘虚而入；国境之内，各路藩镇早已不受朝廷的管辖，互相割据对峙；在朝廷之内，宦官权势滔天,他们掌管禁军,连皇帝的生杀废立都可以操纵。在大和九年(835),年轻的唐文宗不甘心受制于宦官,和李训、郑注密谋诛杀宦官头目仇士良,结果谋划泄露,文宗被软禁,朝中大臣遭到了血腥的大清洗,史称"甘露之变"。从此以后,国家"中兴"的希望破灭了,像中唐白居易那种呼吁变革、"不平则鸣"的锐气,也被惨淡的现实磨灭了。

在这种环境下,晚唐诗人面对着即将天崩地陷的危机,每个人都感到压抑和迷茫。胡应麟在《诗薮》中说,温庭筠的"鸡声茅店月,人迹板桥霜"正是晚唐气象的表征。"山雨欲来风满楼"(许浑《咸阳城东楼》)成了晚唐士人们共通的感情基调。他们无法割舍自己对国家的责任,为不可挽回的时局感到痛心,但大势如此,无力回天,这种伤感抑郁的情绪在诗坛上蔓延,同时又有人不甘就此沉沦,渴望能够只手补天,挽狂澜于既倒。

这种矛盾的心情,时常投射在他们的诗里。杜牧流连烟花柳巷,"落魄江湖载酒行,楚腰纤细掌中轻。十年一觉扬州梦,赢得青楼薄幸名"(《遣怀》),话虽说得轻薄,内里又何尝没有虚度年华、浪掷光阴的悔恨。这种追悔并不是虚伪的,杜牧出身名门,祖父是名相杜佑,父亲杜从郁官至驾部员外郎,他受家庭的影响,也很早怀有济世之心。杜牧在诗里总结平生志向,说自己"平生五色线,愿补舜衣裳"(《郡斋独酌》),"常思抡群材,一为国家治"(《送沈处士赴苏州,李中丞招以诗赠行》)。但杜牧不幸生在了唐朝的末年,朝廷上朋党倾轧、吏治黑暗,而杜牧这样出身高贵又自恃天才的人,怎肯去折腰攀附?他个人的才能和抱负遭遇了现实的打击,一生报国无门,壮志难酬,《石园诗话》说:"史称杜牧之自负才略,喜论兵事，拟致位公辅，以时无右援者，怏怏不平而终。"

从杜牧的诗文就能看出他的政治理想，一篇《阿房宫赋》洋洋洒洒，气势不凡，历数秦朝从睥睨天下到轰然崩塌的教训，意在规谏唐朝的统治者以史为镜，勿将宫室声色凌驾于国家人民之上，他还写过《罪言》《战论》《守论》《原十六卫》等文章，纵论时局弊政，研究整治藩镇割据的策略。杜牧对晚唐民众的苦难也有很深的感触，他的《早雁》一诗，表面上是写离群孤雁，实则寄托了对人民饱经离乱的同情：

金河秋半虏弦开，云外惊飞四散哀。
仙掌月明孤影过，长门灯暗数声来。
须知胡骑纷纷在，岂逐春风一一回。
莫厌潇湘少人处，水多菰米岸莓苔。

这首诗写于唐武宗会昌二年（842）八月，彼时，北方的回鹘乌介可汗铁蹄南下，侵扰边境，劫掠民众，边境的人民得不到国家军队的庇护，只能抛家弃业，纷纷逃亡。远在黄州的杜牧闻听此事，很为那些孤苦无依的劳苦大众担忧，因此以大雁为喻，写胡虏引弓搭箭，惊散了云外的雁群，残冬已尽，大雁本应向北归去，但北方战乱频发，失群的孤雁又怎能和春风一同回归故里？对于这些离散的孤雁，诗人只得婉言劝慰：虽然眼下的潇湘之地清冷少人，也不妨暂且安居，这里盛产菰米莓苔，也能够聊以充饥。

他渴望为国家兴利除弊，可惜他的才华并不能为统治者所用。他在诗中也常常流露出对"肉食者鄙"的尖锐讽刺，如《泊秦淮》中的"商女不知亡国恨，隔江犹唱后庭花"，表面是说秦淮河上的歌女不知亡国恨，实际是讥讽到此寻欢作乐的贵人，他们对国家的命运麻木不仁，还让歌女们演唱象征着亡国的《玉树后庭花》。国之将亡，尚且如此浑浑噩噩，既无警惕，又无廉耻，怎不令有心救国的人感到痛心？

杜牧的忧患意识和个人抱负，在无可作为的现实中无处安放，只有通过诗歌来纾解。他的《将赴吴兴登乐游原》吐露了自己曲折矛盾的心思：

清时有味是无能，闲爱孤云静爱僧。
欲把一麾江海去，乐游原上望昭陵。

他看上去已经接受了闲散淡泊的生活，还有几分学佛的雅兴，然而末尾一句"乐游原上望昭陵"使得格调突变，道出了他真实的挣扎。清人张文荪的《唐贤清雅集》评论说："昭陵为唐创业守成英主，后世子孙陵夷不振，故牧之于去国时登高寄慨，词意浑含，得风人遗意。"当屡经现实打击的杜牧几乎想要放下对仕途的追求，去江海之上度过一个平静的余生之时，他登

上了乐游原，看到了远处的昭陵，当年文治武功、万民敬仰的唐太宗在这里长眠，而他开创的基业还在外面的世界延续着。杜牧仍然无法抛下这段光华灿烂的历史记忆，初唐年间骄傲进取的热血还在他的身体里激荡。这使得他进仕不得又不忍退舍，只能在乐游原上徘徊踟蹰，目送西沉的太阳为昭陵镀上最后一道金光。

同样是写游乐游原，李商隐的名句"夕阳无限好，只是近黄昏"（《登乐游原》），则像是给垂暮的大唐王朝写下的挽歌。它曾经有过辉煌灿烂的过去，但往事俱已成烟，不论人们多么怀恋它旧日的荣耀，也不得不目送它走过生命的最后一程。同样生于风雨飘摇的晚唐，李商隐怀着末世的苦闷与彷徨，命运也十分坎坷。当时朝中的"牛李党争"十分激烈，以牛僧孺为首的"牛党"与以李德裕为首的"李党"互相倾轧，连文宗皇帝也无法遏制，只好感叹"去河北贼易，去朝中朋党难"（《资治通鉴·唐纪六十一》）。李商隐在党争的旋涡下挣扎求存，令人叹惋。

李商隐少有才名，"五年诵经书，七年弄笔砚"（《上崔华州书》），受到白居易、令狐楚等前辈的赏识。退休在家的白居易读了他的文章，甚至欣喜地说："我死后，得为尔儿足矣。"能得到这样高的评价，李商隐也称得上是"雏凤清于老凤声"（《韩冬郎即席为诗相送因成二绝》）了。

李商隐这一只雏凤，却没来得及在晚唐的风雨中展翼。当时的科举考场黑幕重重，没有权势背景的考生几乎没有中举的可能，那些希望改变黑暗现实的正直士子更会遭到打压，李商隐无权势可依，自然屡试屡败。直到他受"牛党"令狐楚父子的举荐，才终于进士及第。他本以为终于熬到了出头之日，不承想令狐楚在当年就去世。次年，李商隐又到属于"李党"的王茂元的帐下当幕僚，王茂元爱惜他的才华，把自己的女儿嫁给李商隐为妻。这场婚姻又使得李商隐卷入了党争的旋涡，令狐楚之子令狐绹认为李商隐忘恩负义，"牛党"指责他"诡薄无行""放利偷合"，而"李党"也不把他当作自己人，认为他"轻薄无操"。李商隐在进士及第后第二年，继续应试博学鸿词科，然而在复审时被人以"此人不堪"的理由从中举名单中抹去。此后，李商隐几度求仕，也都铩羽而归，一生仰人鼻息，沉沦下僚，郁郁而终。

李商隐在《安定城楼》一诗里抒发了自己的嗟叹：

迢递高城百尺楼，绿杨枝外尽汀洲。
贾生年少虚垂涕，王粲春来更远游。
永忆江湖归白发，欲回天地入扁舟。
不知腐鼠成滋味，猜意鹓雏竟未休。

他本有志于效法汉初的贾谊，匡扶国家政事，挽救江河日下的晚唐。结果却被小人猜忌，就像鸱鸮口衔腐鼠，却唯恐天上飞过的鹓雏要与它夺食。

官场的猜忌和排挤耗尽了李商隐年轻的生命，他少年早慧，却不幸生于末世，一腔才华抱负付诸东流，这种"夭折"意识时常在他的诗歌里含蓄地流露，他在一首《无题》诗中写道：

八岁偷照镜,长眉已能画。
十岁去踏青,芙蓉作裙衩。
十二学弹筝,银甲不曾卸。
十四藏六亲,悬知犹未嫁。
十五泣春风,背面秋千下。

少女才色兼具,然而不得良媒,春思无可诉说,只得背泣秋千,正如李商隐"五岁诵经书",然而困于人海风波,毕生不遇。这使李商隐抱恨终生,他在《初食笋呈座中》一诗中也抒写了相似的感受:

嫩箨香苞初出林,於陵论价重如金。
皇都陆海应无数,忍剪凌云一寸心?

在宴席中,一盘时鲜的春笋被端到李商隐的案前。它引起了李商隐的身世之感:春天的竹笋破土而出,本来期待着长成凌云千尺的修竹,谁知不出几日就横遭摧折,被当成新鲜食材放到市场上叫卖。李商隐叹惋道:人们的餐桌上已经如此丰富——地上跑的、水里游的,无所不有,何必要残忍地扼杀这些初生的嫩笋,使它们的凌云之志夭折在萌芽之中呢?李商隐以竹笋自况的心思不言而喻,他空有"嫩箨香苞"一样的美好品质,怀着凌云九天的志向,却因为党争的风波永远失去了成材的良机。这种年少夭殁、理想破灭的意象时常见于李商隐的诗中,他看到牡丹花因雨打而凋零,为之叹息道:

"浪笑榴花不及春，先期零落更愁人。"（《回中牡丹为雨所败》其二）见梅花深秋早开，也伤感它生不逢时，为霜雪所摧："为谁成早秀？不待作年芳。"（《十一月中旬至扶风界见梅花》）

友人崔珏《哭李商隐》一诗评价他："虚负凌云万丈才，一生襟抱未曾开。"作为一个生长在末世王朝的青年才俊，李商隐将诗歌写得哀婉凄艳、如泣如诉，大时代的浪潮和他的气质遭遇相结合，赋予李商隐的诗歌一种独特的迷茫伤感气质。元好问评论李商隐的诗，说道："望帝春心托杜鹃，佳人锦瑟怨华年。诗家总爱西昆好，只恨无人作郑笺。"（《论诗绝句》其十二）人人都爱读李商隐的诗，只恨他常有晦涩朦胧之句，没有人能够为之做注解。李商隐诗那种欲说还休、难以明言的伤感，其实正是整个时代悲剧的缩影：

> 望断平时翠辇过，空闻子夜鬼悲歌。
> 金舆不返倾城色，玉殿犹分下苑波。
> 死忆华亭闻唳鹤[9]，老忧王室泣铜驼[10]。
> 天荒地变心虽折，若比伤春意未多。
> 《曲江》

曲江在长安城的郊外，是唐时的游春胜地，见证了唐朝的兴衰起落。杜甫也曾写过曲江："忆昔霓旌下南苑，苑中万物生颜色。昭阳殿里第一人，同辇随君侍

9　此处用西晋时陆机的典故。陆机因受谗被杀，临刑前发出追悔的感叹："欲闻华亭鹤唳，可复得乎！'"（见《世说新语·尤悔》）

10　此处用西晋时索靖预感大乱将至的典故："惠帝即位，赐爵关内侯。靖有先识远量，知天下将乱，指洛阳宫门铜驼，叹曰：'会见汝在荆棘中耳！'"（见《晋书·索靖传》）

君侧。辇前才人带弓箭,白马嚼啮黄金勒。翻身向天仰射云,一箭正坠双飞翼。"(《哀江头》)那是唐朝正繁荣鼎盛的时刻,春天的细柳新蒲焕发出鲜嫩的光泽,江滨游人如织,皇家的彩旗仪仗簇拥着昭阳殿里的美人,而今这一切都已消失不见——先有"马嵬之变",杨贵妃"宛转蛾眉马前死"(白居易《长恨歌》),"明眸皓齿今何在?血污游魂归不得"(杜甫《哀江头》),后有"甘露之变",唐文宗的杨贤妃被宦官仇士良赐死,更是"流血千门,僵尸万计"(《资治通鉴·唐文宗开成元年》)。唐宫几度惊变,血光染红了帷帐,昔日国色皆已香消玉殒,皇家的翠辇也不再经过,曲江两岸唯余满目荒凉、鬼魂夜哭。盛世不常,盛筵难再,今昔对比之下,怎不令人黯然伤怀?

  李商隐诗的感人之处,正是这种个人遭遇和时代悲歌的交织,缠绵艳丽与隐忍凄恻的并奏,大唐的百年繁荣绣成了它,末世的惨雾愁云却给它熏上了一层烟灰。也许李商隐并无作"诗史"的野心,但对家国的命运却是"心有灵犀一点通"(《无题》),他提起诗家的彩笔,为晚唐的天边画上了一道绚丽的余霞。

国破山河在

黍离之悲

尽管每一个开国皇帝都梦想着千秋万代、江山永固，历史的车轮却往往不如他们所愿，即使是强盛一时的大帝国，在几百年风雨沧桑过后，也难免走向日薄西山的结局。改朝换代司空见惯，人们对家国的情感，并不在于对一家一姓的忠诚；在国家危亡倾覆的时刻，人们对于吾国吾民、山河岁月的眷恋变得格外强烈。那些不顾自身危亡，试图挽狂澜于既倒的仁人志士，更是时隔千载仍然令人感动振奋。在千年诗史之中，亡国诗是一种特殊而并不罕见的品种，它们闪烁着真知和至情，犹如时代大潮的淘洗下沉淀的金沙，经得起后人反复的检验和品评。

故国之思的源头或可以追溯到《诗经》的《王风·黍离》。按照《毛诗序》的解释，它由一位东周时的士大夫所作，他所怀念的西周已经随着骊山的大火覆灭了。司马迁说，它亡于褒姒的粲然一笑，后人越传越奇，《列女传》还把褒姒说成龙涎变的妖女，种种传说使得这个王朝的结局带上了诡秘艳异的色彩。在"烽火戏诸侯"的闹剧过后，镐京被进攻的犬戎洗劫一空，继任的周平王将都城迁到东边的洛阳，周王室的命运也从此江河日下。周朝的士大夫路过旧都，看到以往的宗庙宫室里长出了青青的禾黍。尽管旧都大部分已经毁于战争并年久失修，但从残留的基底和架构来看，它们还保留着周朝开国时的气象，使人怀想起文王、武王的基业，更为当前国事的衰微而忧虑。这位士大夫彷徨不忍离去，写下了这样的诗："彼黍离离，彼稷之苗。行迈靡靡，中心摇摇。知我者谓我心忧，不知我者谓我何求。悠悠苍天，此何人哉！"

《黍离》的作者没有写他在心忧些什么，因为"知我者"自然怀着同样的心情，而浑浑噩噩的人则根本不觉得有什么值得忧虑，幽思无处倾诉，只好求问苍天。恐怕他自己也隐约知道，已经没有人能够拯救这样的颓势，但他又不忍心就此抽身，只好将一丝希望寄托给缥缈的天命。

这种思念和悲哀是那么触动人心，乃至于"黍离"成了怀念故国的表征，长久地在亡国者的心头发芽抽穗。生于南宋初年的姜夔，途经被金兵劫掠的淮扬，目睹"夜雪初霁，荠麦弥望。入其城，则四顾萧条，寒水自碧，暮色渐起，戍角悲吟"，不禁怆然感慨。他将所见所感填成一首《扬州慢》：

淮左名都，竹西佳处，解鞍少驻初程。过春风十里，尽荠麦青青。自胡马窥江去后，废池乔木，犹厌言兵。渐黄昏，清角吹寒。都在空城。　　杜郎俊赏，算而今、重到须惊。纵豆蔻词工，青楼梦好，难赋深情。二十四桥仍在，波心荡、冷月无声。念桥边红药，年年知为谁生！

和《黍离》中的镐京比起来，扬州虽非国都，却也是著名的温柔富贵之乡。晚唐杜牧"十年一觉扬州梦，赢得青楼薄幸名"（《遣怀》），他笔下的扬州永远是青山隐隐水迢迢，春风卷起珠帘，佳人娉娉袅袅，箫声吹遍了二十四桥的月色。这样柔美的风景，如何禁得起铁蹄的践踏？南北宋之交，金主完颜亮几次南犯，使扬州城毁于兵燹。姜夔写这首《扬州慢》的时候，金兵最近的一次南侵已经过去了十五年。此时，青翠色的荠麦已经覆盖了马蹄的印迹，玉骨已成尘，这使姜夔看到的不是血与火的酷烈，而是珠玉蒙尘的悲哀。

姜夔的叔岳萧德藻（自号"千岩老人"）说，这首词有"黍离之悲"，《扬州慢》和《黍离》的确是很像的，不但都是写故国倾颓、满地禾黍，而且其中的感情也是一脉相承的——它们同是一种悲伤哀悯、泫然欲泣，而不是激越愤怒、眦眦欲裂。这是自《诗经》以来的审美传统：诗歌应当"乐而不淫，哀而不伤"，即使是巨大的时代苦难，也得和着眼泪咽下，写成诗，犹如杜宇带血的悲啼。王维的《菩提寺私成口号》也是如此：

万户伤心生野烟，百僚何日更朝天？

秋槐叶落空官里，凝碧池头奏管弦。

根据《旧唐书》的记载，这首诗作于安史之乱中。彼时，安禄山攻占了大唐的长安城，王维来不及逃出长安，被安禄山擒获。他服食泻药假装痢疾，拒不做官。然而，王维诗名太高，安禄山始终不肯放过他，王维被迫在安禄山朝中担任了伪职。有一天，志得意满的安禄山在唐宫的凝碧池边摆起盛宴，将御库里的珍宝罗列出来赏玩炫耀，又让梨园的乐师出来献艺。这些人原本是唐玄宗一手挑选和培养的，在御前演奏过《霓裳羽衣曲》这样的名曲，此时焉能强颜欢笑去给安禄山表演？乐师们一时间唏嘘泪下，曲不成调。安禄山坏了兴致，杀气腾腾地亮出白刃，威胁说："有泪者当斩。"然而，有一个叫雷海青的琵琶乐师不肯屈服，他秉性耿直刚烈，无法忍受安禄山的淫威，当场就将琵琶摔碎，然后面向玄宗所在的西方放声大哭。安禄山暴跳如雷，下令将雷海青绑在戏马殿上，肢解示众。

王维听说了雷海青的惨死，在悲痛中写下了这首《菩提寺私成口号》，将一幅刺眼的画面展现给后人：一面是"万户伤心生野烟"，民生凋敝、满目烟尘，另一面是"凝碧池头奏管弦"，反贼的狂妄自得、骄横跋扈。两者对比之下，尤其显出了国破的悲哀。王维生性柔和淡泊，此时又身陷乱军，生死一线，他不能像雷海青一样激烈地指斥乱贼，只能强忍着眼泪，用低沉呜咽的句子来倾诉家国沦亡的沉痛。

和这种《黍离》式"哀而不伤"的风格不同，中国诗还有另一种"宁溘死以流亡兮"（《楚辞·离骚》）的传统，其感情真挚强烈，而"长太息以掩涕兮""虽九死其犹未悔"（《楚辞·离骚》）——屈原对楚国爱得炽烈，就做不到"哀而不伤"，当他眼看着楚怀王死在秦地，国家一步步走向覆灭，就怀石自投于汨罗。屈原的诗魂为后世所继承，诗人处在国家危亡关头，目睹民众的痛苦煎熬，怎能无动于衷？他们的悲恸呼号是大时代最真实的声音，书写了一部家国情感的历史。

杜甫比王维小十一岁，他们共同经历过天宝末年的刀兵，然而杜甫一生官居微末，更接近社会底层的世界。他写自己经历战乱后面见皇帝，"麻鞋见天子，衣袖露两肘。朝廷愍生还，亲故伤老丑"（《述怀》）。对比姜夔《扬州慢》的"废池乔木"、王维《菩提寺私成口号》的"秋槐叶落"，杜诗是"丑"的，他不刻意去雕琢"美"，而是竭力去表现"真"。因此，杜诗虽丑却有力，犹如树木的老干。他的《春望》就写得痛切有力：

> 国破山河在，城春草木深。
> 感时花溅泪，恨别鸟惊心。
> 烽火连三月，家书抵万金。
> 白头搔更短，浑欲不胜簪。

杜甫凄惶不安，白头发越掉越多，然而他从来无暇自伤，国家和亲人的安危长久地牵引着他的忧愁。后世经历过战乱的人，读到"家书抵万金"，都感到一种切肤之痛。杜甫的处境虽然困窘，却能够超出"小我"

的难处，写出了普遍的"大我"的艰难。他不仅写自己，还写过许多平民的遭遇——《无家别》写孑然一身的老卒，《新婚别》写新婚宴尔就被征发入伍的年轻人，《石壕吏》写被迫投军的老妇。这些人也许多不识字，无法用文字记录他们的感情，杜甫却用诗为这些平民百姓做传记，钻到他们的心里去写他们的悲哀，一个人承担了一个天下的苦难。杜诗的"力量"正在于此，就像陀思妥耶夫斯基说的："一个人受许多苦，就因他有堪受这许多苦的力量。"

后世许多诗人都从杜诗中汲取这种力量，宋人尤其服膺杜甫，举南宋的范成大为例，他毫不掩饰自己对杜甫的推崇："杜陵诗是吾诗句"（《钓台》）。范成大写诗的时候常化用杜甫的句子，他的"屋山从卷杜陵茅"（《中秋无月复次韵》）和"布衾如铁复似水"（《次韵李子永雪中长句》），都直接脱胎自《茅屋为秋风所破歌》。杜甫对范成大还有更深层次的影响，表现在其诗歌中同有实录历史、入世有为的精神。

范成大曾经奉召出使北方的金国，当他走进故国的都城，踏上当年北宋皇帝车驾行经的御道，中原父老看到这位南边来的使臣，不由得想起了亡国以来的种种不堪。他们纷纷围上来，把最后一丝渺茫的希望寄托给他：

州桥南北是天街，父老年年等驾回。
忍泪失声询使者，几时真有六军来？
《州桥》

故国父老的企盼使范成大感到愧疚,他自己又何尝不期待着答案?然而,即便范成大在出使时铁骨铮铮,不辱使命,也无法以一人之力挽回北方的局势。父老们望穿秋水,却始终没有盼来南宋的"王师"。

历史有时候相似得出奇,在靖康年间,金兵攻破汴京,劫掳徽、钦二帝和皇族后妃北去,百年之后,北方崛起的蒙古人又俘虏了汴京城里的金朝皇族北去,元初郝经《青城行》诗云:"天兴初年靖康末,国破家亡酷相似。君取他人既如此,今朝亦是寻常事。"古人常常用佛家的轮回报应来解释这几个王朝的结局,其实,古代的末世王朝几乎都逃不过被屠杀掳掠的命运,成王败寇、弱肉强食就是那个时代的逻辑。人总是无法脱离历史局限而存在,这大概就是他们逃脱不掉的"轮回"吧。

金灭亡之后,也有遗民为它哭泣:元好问作为有金一代的"文宗",在汴京被攻破之后也成了俘虏,和许多人一起被羁押在聊城。元好问写了一组《癸巳五月三日北渡》诗来记录这段经历:"道旁僵卧满累囚,过去犊车似水流。"作为亡国的囚徒,他们就像是待宰的牲畜,被绳索捆着卧倒在道旁。大路上,西域的高头大马穿行不息,马后却跟着从各地掳掠来的女子:"红粉哭随回鹘马,为谁一步一回头。"当被押送到黄河渡口,他看到汴京宫殿里的编钟排列在集市上叫卖,木雕佛像的价钱则和一捆柴火相差无几,正是"掳掠几何君莫问,大船浑载汴京来"。至于普通老百姓的境遇则更不必说:"白骨纵横似乱麻,几年桑梓变龙沙。只知河朔生灵尽,破屋疏烟却数家。"

入元以后,忽必烈的重臣耶律楚材爱惜人才,对元好问另眼相待。之后，元好问也和蒙古的汉军首领取得了联系，逐渐摆脱了囚犯的处境，获得了些许自由。由于这，后世一些看重文人气节的评论者对元好问颇有微词，清人全祖望虽然同情元好问，但仍不免说他"于殉国之义有愧"，"宗社亡矣，宁为圣予、所南[1]之介，不可为遗山之通"（《鲒埼亭集》外编）。但是，这些评论对于元好问来说，实在是过于求全责备了：他不幸生于这个国家的暮年，青年时代先是屡试不第，再是为战乱背井离乡，从来没有进入过政治的中心，也挽救不了自己国家的命运。与此同时，金朝的统治已经岌岌可危，前线军队在蒙古人面前节节败退，一个个城池被攻陷和屠戮，动辄"尸积数十万，磔首于城"（郝经《陵川集》），而忻州被攻破时，"倾城十万口，屠灭无移时"（赵元《修城去》），元好问的兄长元好古也死于这次屠城。

当一个国家轰然崩塌，作为个体的人是如此无力：即使是一代文宗，也不能挽回兄长的惨死，更遑论阻止国家的灭亡。他想到古时候申包胥哭秦廷，七日七夜水米不进，终于精诚所至，求得秦王出兵救楚。元好问仰慕他的事迹，但他自己又能去哪里哭诉呢？亡国的遗恨之深，使他恐怕只能化作衔微木以填沧海的精卫，日日夜夜为他亡故的祖国发出哀鸣：

> 惨淡龙蛇日斗争，干戈直欲尽生灵。
> 高原水出山河改，战地风来草木腥。
> 精卫有冤填瀚海，包胥无泪哭秦庭。

[1] "圣予""所南"指宋末元初画家龚开和郑思肖。"圣予"为龚开之字，宋亡后，龚开作诗文哀悼文天祥、陆秀夫等忠臣。"所南"为郑思肖之号。其名为宋之后所改，意为"思赵"（"赵"是"赵"的繁体，隐宋朝皇室赵姓），其字号"忆翁""所南"皆有怀念故国之意。

> 并州豪杰知谁在,莫拟分军下井陉。
>
> 《壬辰十二月车驾东狩后即事》其二

元好问无法挽狂澜于既倒,即便以死相殉,又能有多大的意义?他承担着失去故国与家人的悲痛,忍受着旁人对他"失节"的指摘诟论,只为了一个"以文存史"的目的:他要将有金一代的诗歌编成一部《中州集》,为已经灭亡的金留下最后的历史记忆。

不仅如此,对亡国的反思也时常反映在这部《中州集》中,他收录了史旭的一首诗:

> 郎君坐马臂雕弧,手撚一双金仆姑。
> 毕竟太平何处用,只堪妆点早行图。
>
> 《早发駼駞堋》

在冷兵器时代,骑射是一项重要的军事技能。金朝的统治者们虽原是游牧民族,在马上夺得天下,但太平日久,国家武备废弛,骑射成了一种只供赏玩的技艺。金朝皇帝的先祖灭亡了文弱的北宋,却在占据了汴京之后变得沉溺于享乐,不思进取,很快就在蒙古铁骑的攻击下一败涂地。元好问在这首讽刺诗后面写下了按语:"景阳大定中作此诗,已知国朝兵不可用,是则诗人之忧思深矣。"这段话道出了他编《中州集》的苦心孤诣,即使他的故国已经灭亡,也要忍痛剖析检视它的五脏六腑,好让人们明白地知道它的兴衰脉络，不至于在亡国以后，就稀里糊涂地被世人忘却和抛弃。

清人凌廷堪在《遗山先生年谱序》中评论元好问说："其旧都之感，故君之思，幽忧慷慨之端，悱恻缠绵之故，不可明言者，悉寓于诗。……身处于元而心在乎金，言尽于此而意系乎彼。细而按之，随处皆旧都之感，故君之思也"。《中州集》完成后，元好问在《自题中州集后》其五写道：

平世何曾有稗官，乱来史笔亦烧残。
百年遗稿天留在，抱向空山掩泪看。

赵翼很理解元好问的悲哀，他的《题〈元遗山集〉》有一句著名的"国家不幸诗家幸，赋到沧桑句便工"。元好问假如泉下有知，或许会为得到后世的知己而落泪。元好问饱受劫难的一生，真是"身阅兴亡浩劫空，两朝文献一衰翁"（《题〈元遗山集〉》），若只是因为他没有"殉国"，便认为元好问没有气节，不是太过粗暴武断了吗？赵翼也深深理解他的艰难处境："无官未害餐周粟，有史深愁失楚弓。"（《题〈元遗山集〉》）金朝的君王从未把元好问作为治国的栋梁来认真对待，也没有给过他什么像样的职位，但这样一个孤臣孽子，却把记录故国的余音视为毕生的使命。正所谓岂容青史尽成灰，一个国家能够保留下它的历史，就不会在时间的长河中被抹去。等到帝王将相都化成了历史的灰烬，《中州集》仍然折射着一个时代的笑与泪，今天的人谈论起金，不会欣赏它曾经耀武扬威，却仍然会因为元好问这样的人而心怀敬意。

元好问的《中州集》直接影响了明末清初的钱谦益。钱谦益是明万历三十八年（1610）的探花，领袖文坛五十年，官至礼部尚书，他以半百之龄迎娶"秦淮八艳"之首的柳如是，成了当时一桩风流奇谈。然而大时代并不能容纳他们安然地度过余生。"甲申之变"发生时，清军兵临南京城，柳如是劝钱谦益一起投水殉国。钱谦益沉默一阵，回答道："水太冷，不能下。"柳如是奋身欲投水，却被钱谦益拉住。后来，钱谦益率领文武大臣在滂沱大雨中开城迎降，并在清顺治三年（1646）被任命为礼部侍郎。

这段经历成了钱谦益洗刷不掉的污点，时人作诗讥讽他说："钱公出处好胸襟，山斗才名天下闻。国破从新朝北阙，官高依旧老东林。"（《嘲钱牧斋》，收于谈迁《枣林杂俎》）陈寅恪论及钱谦益降清的原因，认为他是"素性懦弱，迫于事势使然"，但钱谦益之后受了柳如是的影响，逐渐以明的遗民和义士自居，并且积极地帮助南方反清复明的力量。陈寅恪认为，就钱谦益一生的行动来看，"应恕其前此失节之愆，而嘉其后来赎罪之意，始可称为平心之论"（《柳如是别传》）。

钱谦益后半生"赎罪"的行动中，除了直接资助郑成功等抗清义士，就是以元好问编《中州集》为榜样，编写了一部《列朝诗集》。不过，钱谦益编《列朝诗集》的目的与元好问有一点不同：《中州集》编成时，金朝的历史已经彻底结束，但《列朝诗集》编成时，明朝的流亡政权仍残存在西南一隅。钱谦益编此诗史，不仅是为了故国之思，更是要激励南方反抗的力量。《中州集》以天干分集，自甲至癸，共十集；而《列朝诗集》则只分甲、乙、丙、丁四集。不止于"癸"而止于"丁"，钱谦益在这个细节里埋藏了一层隐秘的期冀："癸"谐音"归"，代表终结，而"丁"指"丁壮"，象征着明朝的气数还没有彻底断绝，遥远的南方还有不少年轻人在全力准备，为渺茫的希望做最后一搏。

　　钱谦益在后期的诗作中，也屡次流露出对故国的追忆。他晚年闲居在红豆山庄，庄里有一棵二十年不曾开花的红豆树，在五月间突然开花数枝。秋九月里，柳如是让僮仆探看，发现枝头结了一颗玲珑鲜妍的红豆。这仿佛给八十高龄的钱谦益带来了某种吉利的征兆：再度结子的"红"豆，是否冥冥中昭告着"朱"姓的明王朝也将迎来枯木逢春的一日？也许一个人遭遇过太多的失望后，就越容易相信这种缥缈的预兆。他日益衰弱的心受到了激励，一气写了十首题咏红豆的诗，吐露了多年来压抑的心声，其四这样写道：

　　　　秋来一颗寄相思，叶落深宫正此时。
　　　　舞辍歌移人既醉，停觞自唱右丞词。

　　"叶落深宫"用的正是王维《菩提寺私成口号》"秋槐花落空宫里，凝碧池头奏管弦"的诗意，彼时王维身陷安史叛军的刀剑丛中，既不甘心噤声屏气，又无力反抗豺虎一般的敌人，以至于走到了进退失据、折损名节的歧路。这种屈辱而悲愤的感情，对于一生起伏波折的钱谦益来说真是再熟悉不过了。

　　也有的人不愿意生生忍受这样的屈辱，他们就要自己成为国家的火种。和钱谦益同一个时代，有一个名为夏完淳的英勇少年，生逢晚明的乱世，他仅仅活了十七岁，却有着和年龄极不相符的豪壮经历。夏完淳十四岁即追随父亲抗清，父亲殉国后他又与老师陈子龙坚持抵抗。他被俘后，早已投降清廷的洪承畴怜惜他的才华，亲自来劝降说："你一个小孩子懂得什么，岂能称兵叛逆？想必是受人蒙骗，误入军中。倘若你投降归顺，当不失官。"夏完淳不为所动，反问道："尔何人也？"旁边的衙役呵斥道："这是鼎鼎有名的洪亨九洪承畴先生！"洪承畴当年兵败投降，明朝的崇祯皇帝误以为他以死殉国，还曾经作诗悼念他。夏完淳佯装不信狱卒的话，厉声喝道："你这样的鼠辈，怎敢冒称洪亨九先生的大名？本朝洪亨九先生在松山、杏山与北虏激战，血溅章渠，先帝闻之震悼，亲自作诗褒念。我虽然年轻，却仰慕洪亨九先生的忠烈，才要杀身殉国，效法先烈！你等逆贼丑类，还敢假冒先烈，诬蔑洪先生，真是不知羞耻！"洪承畴劝降不成，反被夏完淳痛斥羞辱，乃至色沮气夺，无辞以对。

十七岁的夏完淳最终求仁得仁，血溅法场，他在极为短暂的生命里留下了许多慷慨的诗句，尤其是从被捕到就义这段时间，夏完淳写出了许多字字泣血的诗，结成了他最后的《南冠草》诗集。诗中壮阔激昂的气概，竟毫无同龄少年的稚气。即使面对敌人的屠刀，他也从未因自己的命运而哀泣。

夏完淳不是不懂得悲伤，在生命最后一刻，他割舍不下自己饱经苦厄的故国与故人。夏完淳知道自己余日无多，在诗中依依告别故乡和辞别亲人："无限河山泪，谁言天地宽。已知泉路近，欲别故乡难。"（《别云间》）"孤儿哭无泪，山鬼日为邻。古道麻衣客，空堂白发亲。"（《拜辞家恭人》）然而想到夏家满门忠烈，他又为自己继承父亲叔伯的志向而倍感自豪："忠孝家门事，何须问此身。"（《拜辞家恭人》）对于自己的赴死，夏完淳一直是从容的，但看到同道义士的不幸命运，却忍不住痛哭失声。他的恩师兼战友陈子龙遇难，夏完淳写下《细林野哭》来悼念，这大概是《南冠草》中最凄恻动人、声泪俱下的篇章："细林山上夜乌啼，细林山下秋草齐。有客扁舟不系缆，乘风直下松江西。却忆当年细林客，孟公四海文章伯。""相逢对哭天下事，酒酣睥睨意气亲。去岁平陵鼓声死，与公同渡吴江水。今年梦断九峰云，旌旗犹映暮山紫。""黄鹄欲举六翮折，茫茫四海将安归！天地蹢躅日月促，气如长虹葬鱼腹。肠断当年国士恩，剪纸招魂为公哭。""我欲归来振羽翼，谁知一举入罗弋！家世堪怜赵氏孤，到今竟作田横客。呜呼！抚膺一声江云开，身在罗网且莫哀。公乎，公乎！为我筑室傍夜台，霜寒月苦行当来！"

　　陈子龙的死，不但抽掉了支撑南明的一根柱子，更令身陷罗网的夏完淳顿感孤苦无依。寒霜苦月，俯仰浩叹，目睹大厦将倾，即使国家重臣也感到无能为力，这个十七岁的少年却犹能自励"且莫哀"，满腔英烈之气，贯彻寰宇。和这样的少年英雄比起来，那些领着国家俸禄钱粮却碌碌无为的文武大臣真该愧杀。百年之后，柳亚子题诗赞叹他："悲歌慷慨千秋血，文采风流一世宗。我亦年华垂二九，头颅如许负英雄。"（《题〈夏内史集〉》）

　　这种对于家国的责任感，正是受到儒家传统熏陶的士子们安身立命的所在。无论是元好问的忍泪吞声，还是夏完淳的留取丹心，虽然行为上殊途，精神上却是同归。和这样的民族脊梁比起来，坐在龙椅上的帝王只怕要感到惭愧难当，他们掌握着至高无上的权力，治国的能力却常常不与之相称。尤其是王位世袭、立长不立贤的制度下，就算再贤明的"圣主"，也难免生出几个不肖子孙，这就像是金銮殿下藏着一座休眠火山。一个昏庸的皇帝若是生在太平时候，或许还能侥幸得个善终；若是不幸生在乱世，成了亡国之君，不但自己任人宰割，更有不知多少黎民百姓都要为他们的荒淫而殉葬。

仿佛是历史开的玩笑，这样的亡国之君里倒不乏几个风雅之士。据《陈书》《隋书·音乐志》等记载，南朝的陈后主精通音乐，创作过《黄鹂留》《临春乐》《玉树后庭花》《春江花月夜》等清商乐曲。光看名字，就可知道它们是怎样的靡靡之音。这些曲子"绮艳相高，极于轻荡，男女唱和，其音甚哀"，从只流传下歌词的《玉树后庭花》可见一斑：

> 丽宇芳林对高阁，新装艳质本倾城。
> 映户凝娇乍不进，出帷含态笑相迎。
> 妖姬脸似花含露，玉树流光照后庭。
> 花开花落不长久，落红满地归寂中。

"花开花落不长久"，似乎是一句谶语，唱出了陈朝的末世命运。陈叔宝宠幸贵妃张丽华，日日与之饮酒作乐，即使隋军压境、国家危在旦夕的关头，也还醉梦不醒，自恃长江天堑不能飞渡，仍然不改夜夜笙歌的习惯。等国都建康城被攻破，陈后主六神无主，他想起梁武帝被叛将围困活活饿死的结局，竟"灵机一动"，想出带着张、孔二姬躲入后宫枯井的"妙计"。隋军搜到景阳宫里，威胁要"落井下石"，才把陈后主和妃子们从井底吊出来。这样狼狈可笑的场面，何尝还有半点皇家的体面和尊

国破山河在

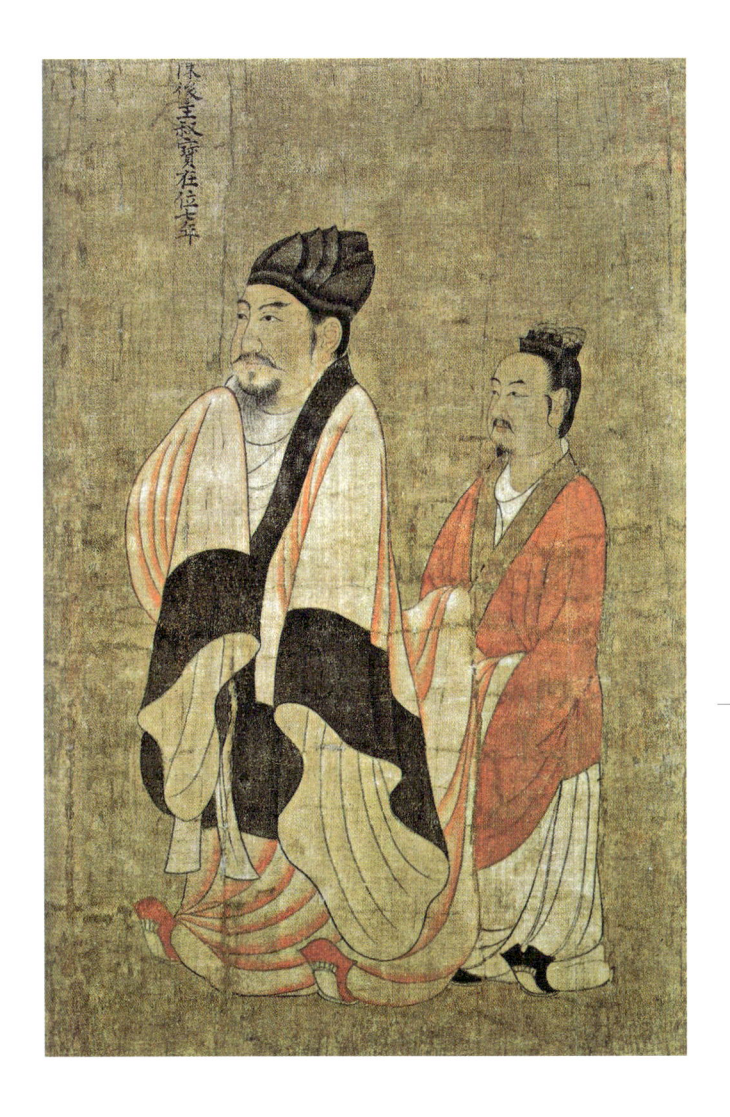

177

〔唐〕阎立本 《历代帝王图》陈后主陈叔宝像

严？《陈书》中说，陈后主"生深宫之中，长妇人之手，既属邦国殄瘁，不知稼穑艰难"，一国之君既如此，陈朝如何能够不亡？

齐己的《看金陵图》说："六朝图画战争多，最是陈宫计数讹。若爱苍生似歌舞，隋皇自合耻干戈。"可惜苍生在陈后主的眼里比不上贵妃的舞袖。《玉树后庭花》成了亡国之音的象征，生逢末世的人感时忧国，总不免想起这首绮艳中暗藏不祥的歌曲。晚唐的小李杜都有名篇咏叹：

> 紫泉宫殿锁烟霞，欲取芜城作帝家。
> 玉玺不缘归日角，锦帆应是到天涯。
> 于今腐草无萤火，终古垂杨有暮鸦。
> 地下若逢陈后主，岂宜重问后庭花？
> 李商隐《隋宫》

> 烟笼寒水月笼沙，夜泊秦淮近酒家。
> 商女不知亡国恨，隔江犹唱后庭花。
> 杜牧《泊秦淮》

陈朝覆灭以后，陈后主写过的艳曲也散佚了，只留下《玉树后庭花》的歌词，没有人知道要怎么演唱，它仿佛是这个国家形成的化石，血肉已经销尽，空留下一副伶仃的骨架，就像李白的诗里写的："金陵昔时何壮哉！席卷英豪天下来。冠盖散为烟雾尽，金舆玉座成寒灰。扣剑悲吟空咄嗟，梁陈白骨乱如

麻。天子龙沉景阳井,谁歌玉树后庭花?"(《金陵歌送别范宣》)

讽刺的是,陈后主比那些无辜罹祸的平民幸运许多。隋文帝并没有过多地为难他,根据《资治通鉴》的记载,隋文帝不仅给过陈叔宝许多赏赐,经常以很高的礼仪引见他,还颇为照顾这个亡国之君的心情,在宴会上从不演奏吴地的乐曲,怕他触景伤情。对于他的家族兄弟,隋文帝也"分置巴州,给田业使为生,岁时赐衣服以安全之",算得上仁至义尽。

或许是因为这样优渥的待遇,又或许是陈叔宝原本就"全无心肝",他在亡国入隋后常在醉乡,"罕有醒时",甚至在宴会上写下了这样的诗来谄媚隋主:"日月光天德,山河壮帝居。太平无以报,愿上东封书。"

这样的句子,不禁使人想到蜀国的后主刘禅。司马昭可不像隋文帝一样仁慈,他在灭亡蜀国后,故意在宴会上请昔日的君臣看蜀地的伎乐。老臣们睹物伤怀,纷纷掉下泪来,只有刘禅喜笑自若,让司马昭也不得不感叹:"人之无情,乃可至于是乎?"(见《三国志·蜀书·后主禅》裴松之注引《汉晋春秋》)当被问到是否思念蜀国,刘禅说出了一句著名的话:"此间乐,不思蜀。"

不知他们是真的全无肝肺,还是只能把憨傻当成最后的护身符,这些以昏庸愚鲁留名于史鉴的亡国之君,倒多数能得以苟全性命。反观另一些被俘到敌国的末代皇帝,像梁简文帝、梁元帝、南唐后主李煜、宋徽宗赵佶等,他们经历了截然不同的人生遭遇,从旧日的迷梦中猛然惊醒,写下的则是怀念故国、追悔往事的诗句。

跟陈后主写的艳曲比起来,宋徽宗的格调品位要高雅得多。他称得上书画双绝,自创的瘦金体书法骨格清俊,存世的画作《瑞鹤图》《竹禽图》

等，也极为生动雅致，他的艺术修养之高，不但在中国历代皇帝里堪称独步，就是放到历史上最一流的书画家队伍中，也是毫无愧色的。他是宋神宗的第十一子，本应无缘于皇位，可以平平安安地做一个雅好书画的郡王。可是历史阴差阳错，他的兄长宋哲宗二十四岁即早逝，也没有留下子嗣，当时的端王赵佶就毫无预备地被立为了皇帝。

书画对于当皇帝并没有什么裨益，过于沉湎反倒有害。《宋史·徽宗纪》说他"玩物而丧志，纵欲而败度"，靖康国变之前，宋徽宗日日流连于声色，把国家当成了玩乐享受的私产：他成立的翰林书画院聚集了全国一流的画师，皇家的园林里堆积着大江南北搜刮来的奇花异石，后宫妃嫔百余，生有皇子三十八、帝姬（公主）三十四。即使这样，坊间还流传着他和京城名妓李师师的风流韵事，他们的幽会甚至被大学士周邦彦写进词里："并刀如水，吴盐胜雪，纤手破新橙。锦幄初温，兽烟不断，相对坐调笙。　低声问：向谁行宿？城上已三更。马滑霜浓，不如休去，直是少人行。"（《少年游》）

对于这个风流皇帝来说，这段日子真是快乐似神仙，而极少数不称心的时刻之一，是他美丽聪慧的明节皇后早逝。宋徽宗在一个华灯璀璨的元宵节题词怀念她："无言哽咽。看灯记得年时节。行行指月行行说。愿月常圆，休要暂时缺。　今年华市灯罗列。好灯争奈人心别。人前不敢分明说。不忍抬头，羞见旧时月。"（《醉落魄》）

后人读到"不忍抬头，羞见旧时月"，都说它像极了一句谶语，早早暗示了他后半生的凄惨命运。宋徽宗尽管擅长书画，对于治国却一窍不通，幼稚程度犹如三岁孩童。当金人兵临城下，他尚且相信神仙道士的

"移山倒海，撒豆成兵"之术，直到束手就擒。汴梁城破，北宋的东京梦华也遂告破灭。

现代的历史学家常说，北宋是古代中国文明最鼎盛的时期。然而文明之花是极度脆弱的，若没有富足的财力、强大的军事作为保障，文明往往会败于野蛮和暴虐。亡国之后，宋徽宗一下从云端跌入了泥沼，他和其他男女宋俘一起被押解到上京，袒胸赤背、身披羊皮地跪拜金太祖庙，他的嫔妃和女儿也被对方的王侯将领们当作战利品瓜分，可怜无数金枝玉叶，此刻仿佛待宰的羔羊，赵佶自己则被金朝的皇帝羞辱性地封为"昏德公"，押解到遥远的五国城（今黑龙江省依兰县）。

赵佶从小在锦绣丛中长大，哪里经受过这样的折磨？旧日里绮窗朱户尚不如意，而今则是："彻夜西风撼破扉，萧条孤馆一灯微。家山回首三千里，目断天南无雁飞。"（《在北题壁》）在一个冬天，他冒着风雪，从上京艰难地前往五国城，正是两鬓风尘之际，偶见杏花盛放。若在旧时，赵佶大约不会在意这种寻常的山花，但当他失去所有的珠翠绫罗，沦为披枷带锁、褴褛贫病的囚徒之时，便惊觉这杏花真是人间仙品：

裁剪冰绡，轻叠数重，淡著胭脂匀注。新样靓妆，艳溢香融，羞杀蕊珠宫女。易得凋零，更多少无情风雨。愁苦。问院落凄凉，几番春暮。

凭寄离恨重重，这双燕，何曾会人言语。天遥地远，万水千山，知他故宫何处。怎不思量，除梦里有时曾去。无据。和梦也新来不做。

《燕山亭·北行见杏花》

[宋]赵佶 《竹禽图》

赵佶怎能不怀念他的故宫呢？那个收藏了历朝珍宝、繁华极盛的东京汴梁，即使过了千年也令人忍不住神往。可惜的是，北宋的汴梁也早已一去不复返了。当时的宋徽宗大概已经极度悲伤绝望，才写出这样声嘶气咽的句子。在世间，他确实没有任何可以眷恋的东西了——被他看得比国家还重要的字画古玩，此时都随着国家的败亡被统统掠去；而他从来不会治国也不懂军事，此时大概也不敢有逃亡复国的念想。"和梦也新来不做"，他越来越衰老，连梦也做得越来越少，和故国的最后一丝联系也掐断了。

人们说哀莫大于心死，这首《燕山亭》成了宋徽宗的绝笔文字。这个北宋末年最风雅的艺术家皇帝，在饱受了折磨和侮辱之后死于五国城，他的遗体按照当地的风俗火化，终年五十四岁。今人去回望宋徽宗的一生，一面为他奢靡误国而觉得可恨,一面又不得不为他的才华和悲剧而叹息。《宋史·徽宗纪》中也叹曰:"宋徽宗诸事皆能,独不能为君耳!"

像这样错生在帝王家的风流种子,并不止宋徽宗一个。北宋之前的南唐也有这样一个末代皇帝李煜,郭磨《南唐杂咏》写诗感叹,说他"作个才人真绝代,可怜薄命作君王"。

就诗词而论,李煜比宋徽宗更为出色,王国维评论他们两人的词,说李煜的词是"以血书者",徽宗的《燕山亭》词尽管也是声声泣血,然而不过是倾诉自家身世的悲哀,后主则俨然有释迦牟尼、基督担荷人类罪恶之意,相比之下,境界的大小不可同日而语。的确,世人没有宋徽宗一样的经历,就不会追忆"故宫何处",但读到"雕栏玉砌应犹在,只是朱颜改"(《虞美人》),谁不受到触动,感叹人生的短促无常?李煜这种穿透时空的洞察力,使得他的词跳出了一个亡国之君的悲哀,而将世人共同的悲哀一语点破。

国变之前,李煜坐拥江山美人,每日宴饮歌舞,欣赏着"晚妆初了明肌雪,春殿嫔娥鱼贯列。笙箫吹断水云间,重按霓裳歌遍彻"(《玉楼春》),他对大小周后情深意笃,"临风谁更飘香屑,醉拍阑干情味切。归时休照烛花红,待放马蹄清夜月"(《玉楼春》)。看起来,他们不像礼仪森严的帝后,倒更像清新可爱的年轻眷侣。可惜这样的快乐时光并不长久,宋太祖赵匡胤挥师压境,哪怕李煜愿意俯首称臣,改称江南国主,却也抵不过一句"卧榻之侧岂容他人鼾睡"。他被俘虏到汴京,故国的繁华尽数付与流水,家山万里,永断归期:

四十年来家国，三千里地山河。凤阁龙楼连霄汉，玉树琼枝作烟萝。几曾识干戈？　　一旦归为臣虏，沈腰潘鬓消磨。最是仓皇辞庙日，教坊犹奏别离歌。垂泪对宫娥。

南唐建国四十余年就消亡了，它没有比五代十国的其他小国更加不幸，却因为李煜这首《破阵子》而格外令人怀念。"凤阁龙楼连霄汉，玉树琼枝作烟萝"，即使故国已经倾覆，后主仍然对它满含着自豪和留恋。李煜虽然耽于享受，但从整体来看却不算一个十分坏的皇帝，他性情宽恕，不喜杀生，也不以威势欺压臣下。哪怕亡国为俘，等他客死他乡，江南人闻听他的死讯，也仍然感到悲伤，"皆巷哭为斋"。其实南唐被宋所灭，实为大势所趋，不能深怪李煜一人，李煜只是因为生于帝王之家，不得不承担亡国的命运罢了。入宋以后，他依依眷恋的故国就只能在梦中相见了：

多少恨，昨夜梦魂中。还似旧时游上苑，车如流水马如龙。花月正春风！
《望江南》

帘外雨潺潺，春意阑珊，罗衾不耐五更寒。梦里不知身是客，一晌贪欢。　　独自莫凭栏，无限江山，别时容易见时难。流水落花春去也，天上人间。
《浪淘沙》

起初，赵匡胤对李煜还算客气周到，但随着赵匡胤神秘地暴病而亡，他的弟弟赵光义继位后，李煜连最后一点可怜的安宁也保不住了。宋代的文人笔记中记载，宋太宗赵光义不但强占了李煜深爱的美人小周，更对他日夜思念故国一事非常忌惮，时时派人去监视刺探。

一日，赵光义派南唐的旧臣徐铉去探视李煜，李煜是一个天真烂漫之人，竟然毫无防备，对徐铉吐露心声："当初我错杀潘佑、李平，悔之不已！"宋太宗闻听，自然更加衔恨。当他知道李煜在生日宴会上教人演唱那首著名的《虞美人》，听到"故国不堪回首月明中""恰似一江春水向东流"之语时，就再也不能忍受，"赐牵机药"毒杀了李煜，《虞美人》里的春花秋月遂成绝响。

亡国之君的命运多么凶险，真正是"人为刀俎，我为鱼肉"，即使像李煜一样软弱和善、毫无威胁的人，一旦流露出对故国的怀念，马上就被视为眼中钉，即便想要仰人鼻息地苟活，也成了一件奢侈的事情。为故国而伤感，说明他们还有清醒的意识，会为自己的荒唐历史而悔恨，一个清醒的人总会令他的敌人警惕，而烂醉如泥、毫无知觉的人则是安全的。无怪乎得到"善终"的亡国之君，都是陈叔宝、刘禅那样浑浑噩噩的"愚人"。

其实，像李煜这样因为终于"清醒"而送命的末代皇帝们，何尝不知道清醒的痛苦和危险？他们何以不能像陈后主一样常在醉乡？"众人皆醉，何不哺其糟而歠其醨？"（屈原《楚辞·渔父》）苟且保命，其实不难，然而人生在世，并不以"保命"为终极理想，更何况国家倾覆、万民流离，作为一国之君，又怎能不感到羞愧痛苦？与其说是敌国杀死了他们，不如说是他们的内心早已被自己判了死刑，只待不知何时会被送来的一杯鸩酒、三尺白绫，为这一桩历史的悲剧拉上大幕。

《礼记》中说，乱世之音怨以怒，亡国之音哀以思。历史上的亡国之诗，大体上都有一种沉痛苦涩之感，细品起来，这苦涩的味道又有不同：读到乱世平民的命运遭遇时，常使人生出"宁为太平犬，莫作乱离人"（冯梦龙《喻世明言》）的叹息，对于他们无辜承受了国家倾覆的苦难，诗人常常怀有深切的悲悯；士人阶层，则必须承担起"故国"所意味的责任，这使得他们必须在舍生取义或者忍辱偷生之间做出选择，无论是文天祥的慷慨，还是元好问的隐忍，都是"疾风知劲草，板荡识诚臣"（李世民《赠萧瑀》），粗粝而强悍的现实压力反而彰显出他们的光辉；至于历史上那些亡国之君，因为掌握了国家的最高权力，所以也必须为国家的灭亡担负最大的责任，假如他们还有一丝良知和自省，都会在诗中流露出羞愧和悔恨，后人谈论起他们，也免不了哀其不幸，怒其不争。

杜牧的《阿房宫赋》总结秦的灭亡，说："秦人不暇自哀，而后人哀之；后人哀之而不鉴之，亦使后人而复哀后人也。"倘若后人能够从历史的故事中多少汲取一点经验教训，我们先民的眼泪便没有白流，而那些舍生取义的故事如果可以激励后来人，使他们更加奋发进取，我们民族的脊梁就能不畏风霜摧折而长久地挺立。

哀故都之日远

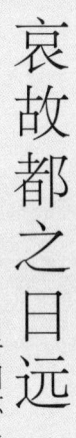

——去国怀乡

放逐，在古代中国是一种相当独特的现象。从皇帝的视角来看，这似乎是一种"仁慈"的手段，所谓"不忍刑杀，流之远方"（《大清律例》），但从士大夫的角度来看，遭到放逐却是一种沉重的打击：流放的地点多是瘴疫之乡、苦寒之地，许多人在那里饱受折磨，甚至于一去不回。而对于有志于国事的人来说，流放更是一种精神上的苦难：他们远离了国都，远离了国家权力的中心，再也难以施展自己的抱负。从题咏贬谪流放、去国怀乡的诗歌来看，物质上的艰苦并不足以使他们灰心，而报国无门的苦闷、背井离乡的恓惶，却更长久地在他们的心头盘桓不去，成为这一类诗歌中反复咏叹的主题。

放逐主题的诗歌作者可以追溯到战国的屈原。屈原是与楚王同姓的贵族，他将楚国的河水看作自己的血脉，将楚国的神祇看作可以亲近的友伴。在屈原眼里，楚国是如此美丽动人，这里坐拥九百里的云梦泽，国境里流淌着昼夜不息的湘江水，江水和山岳之间飘起云雾，云中有荷衣蕙带的司命，山林里则有含睇宜笑的精灵。它不仅山明水秀，而且号称"地方五千里，带甲百万"（《战国策》），是一个可以与秦抗衡的强国。在春秋时，这里诞生过"一鸣惊人""问鼎中原"的霸主楚庄王。到了屈原的时候，楚国虽然不及当年的驰骋纵横，但也仍然不失大国的气度，在那些主张"合纵连横"的说客之中，还流行着"纵合则楚王，横成则秦帝"的说法。

屈原早年得到楚怀王的重用，一心想要实现"美政"的理想，振兴自己的国家，他尽心竭力地辅佐怀王，期待他能成为中兴的霸主，但怀王身边却不全是屈原这样的人：上官大夫靳尚以嫉贤妒能、巧言令色著称，宠妃郑袖虽然美艳动人，却善妒而狠毒。楚怀王长期和他们相处，早已听惯了种种动人的谄媚。屈原虽然善于辞赋，却不愿意凭他的文采去当一个弄臣。屈原成了朝廷上的"异类"，靳尚与屈原政见不合，就在怀王面前诋毁说："大王让屈原草拟法令，他却以此夸耀自己，跟别人说'这事除了我，别人谁也做不了'。"靳尚与怀王的宠妃郑袖串通，时常诋毁屈原。谗言日积月累，怀王与屈原之间渐渐有了隔阂，对屈原的意见也逐渐听不进去了。唐代陆龟蒙的《离骚》诗叹惋道：

天问复招魂，无因彻帝阍。
岂知千丽句，不敌一谗言。

〔元〕张渥 《九歌图》屈原

怀王辜负了屈原的期待，他并不是一个英明的国君，人性的软弱和自私侵蚀了他旧日的抱负，也蒙蔽了他的双眼，忠臣的劝谏自然不如郑袖的软语来得动听。屈原"信而见疑，忠而被谤"（《史记·屈原贾生列传》），只会阿谀谄媚、嫉贤妒能的靳尚反倒成了庙堂上的公卿，生活在这样一个黑白颠倒、忠奸不辨的世界，正直的人岂能免于灾祸？唐代孟郊曾为屈原写过一首《湘弦怨》，写他个性孤僻寡合，为此失意于仕途，抚今追昔，既是哀悼屈原的不幸遭遇，也是一浇胸中块垒：

昧者理芳草,蒿兰同一锄。
狂飙怒秋林,曲直同一枯。
嘉木忌深蠹,哲人悲巧诬。
灵均入回流,靳尚为良谟。
我愿分众泉,清浊各异渠。
我愿分众巢,枭鸾相远居。
此志谅难保,此情竟何如。
湘弦少知音,孤响空踟蹰。

  屈原为自己的国家感到忧虑,不停地想把它引回正道。他主张六国联合抗秦,但楚怀王却被巧舌的张仪所蒙骗,背叛了与齐国的前盟,而跟虎狼一般的秦国结下了"黄棘之盟"。屈原竭力反对这种短视的行为,但楚怀王早已不信任他,在他看来,屈原的耿介忠贞令人生厌。为了不再听到反对的声音,怀王把屈原逐出了郢都,流放到沅湘之间的荒野上。屈原一路东行,神魂却被西边的郢都所牵绊,"船容与而不进兮,淹回水而凝滞"(《九章·涉江》),流水似乎也知道了他的心思,一路上曲折漩洄地拉挽着他的舟船。王逸在《楚辞章句》中说,屈原作《九章》,是因为他被"放于江南之野,思君念国,忧思罔极"。尽管楚国的山水仍然明净旷远,像是淡墨洇染出来的一般,但屈原没有感到一丝宽慰,反随着行船的徘徊、洲浦景色的推移而有了故都日远的忧思。屈原与郢都渐行渐远,当年的"美政"理想也在这移步换景之间离他远去了:"背夏浦而西思兮,哀故都之日远。

登大坟以远望兮,聊以舒吾忧心。哀州土之平乐兮,悲江介之遗风。当陵阳之焉至兮,淼南渡之焉如?曾不知夏之为丘兮,孰两东门之可芜?"(《九章·哀郢》)

在屈原的时代,士人在一个国家经受了挫折,还可以周游列国去兜售自己的谋略,像苏秦张仪这样的雄辩家,凭着三寸不烂之舌,就从潦倒狼狈的寒士一跃而成为各个诸侯国的座上宾。也有人厌恶了世上的阴谋与杀伐,索性唱着"凤兮凤兮!何德之衰"(《论语·微子》)的歌谣,去当一个隐居的狂士。连江畔的渔父也劝屈原说:"圣人不凝滞于物,而能与世推移。世人皆浊,何不淈其泥而扬其波?众人皆醉,何不餔其糟而歠其醨?"(《楚辞·渔父》)但屈原既不愿意帮助别的国家来攻打自己的祖国,也无法将它抛诸脑后。"举世皆浊我独清,众人皆醉我独醒"(《楚辞·渔父》),屈原固守清白,和混沌的世道显得格格不入。屈原只能一次又一次徘徊在江岸,吟诵着思念故国的诗句,忧愁使得他越来越消瘦,变得"颜色憔悴,形容枯槁"(《楚辞·渔父》)。

屈原何尝不知忠言逆耳的道理,他只是把国家的命运看得比自己的更重,"余固知謇謇之为患兮,忍而不能舍也"(《楚辞·离骚》)。虽然楚国还号称大国,与秦国遥相对峙,但屈原分明看到了这两个国家的区别:两国交战,楚国一次次地损兵失地,国君也一天天变得昏聩老迈,而西方的秦国则一天天地壮大,早晚有一天会把扩张的触手伸进南方的云梦泽。

屈原在眼下的太平之中看到了危机,他的诗句里充满了忧患的味道:"岂余身之惮殃兮,恐皇舆之败绩","长太息以掩涕兮,哀民生之多艰"。(《楚辞·离骚》)楚王的宫殿一天天变得高大宏伟,而楚国的山水却一天天减损了容色,虽然眼下还是太平无事的光景,但屈原眼里分明看到了秦国的大军涌进郢都,楚国的百姓流离失所,华丽的王宫将要化为荒芜的丘墟:"皇天之不纯命兮,何百姓之震愆?民离散而相失兮,方仲春而东迁。去故乡而就远兮,遵江夏以流亡。出国门而轸怀兮,甲之鼂吾以行。发郢都而去闾兮,荒忽其焉极?楫齐扬以容与兮,哀见君而不再得。望长楸而太息兮,涕淫淫其若霰。"(《九章·哀郢》)

屈原尽管也曾经极力自我安慰说"苟余心其端直兮,虽僻远之何伤"(《楚辞·涉江》),却无法对楚国的命运无动于衷。当他听说秦国白起的大军攻破郢都,用一把大火将先王的陵寝夷为平地时,他感到自己的血肉似乎也被这烈火吞噬,他的肺腑也在这烧灼中化作了飞灰。从此以后,楚国的名字就从战国的版图上抹去了,屈原觉得自己也成了湘水上飘荡的孤魂,很多年以前,他还带着祭祀的童子,在楚国的城墙上为战死的青年招魂,而今连这城墙也坍圮了,还有谁再去祭奠他们?而屈原自己呢?恐怕也没有人唱着"魂兮归来",引导他的魂灵回到郢都去了。那么就索性永远留在这汉北的荒野上吧,趁着秦国兵车的辚辚声还没有传来,汨罗的江水也还没有被楚人的鲜血染成红色。

屈原怀石自沉,楚国人被他的忠诚所感,每年忌日都到江上纪念他:"竞渡深悲千载冤,忠魂一去讵能还。"(张耒《和端午》)楚国的强盛岁月最后变成历史长河上的一缕波澜,当它的君臣俱已湮灭无踪,屈原和他的文章却与湘江上的祭奠一起传承了下来,正是:"远接商周祚最长,北盟齐晋势争强。章华歌舞终萧瑟，云梦风烟旧莽苍。草合故宫惟雁起，盗穿荒冢有狐藏。《离骚》未尽灵均恨，志士千秋泪满裳。"（陆游《哀郢》其一）

后代的忠臣良将，都从屈原的身上看到了某种万古不灭的精神，它使人们相信崇高和道义的重量，即使他们在现实世界遭遇再多的磨难和误解，也可以从《离骚》中得到"吾道不孤"的告慰。例如南宋末年的文天祥，他生于农历五月初二，也就是端午节前三天。文天祥对屈原有一种冥冥之中的亲切感，写过不少题咏端午的诗。在某一个端午节，他作诗怀想屈原：

五月五日午，薰风自南至。
试为问大钧，举杯三酹地。
田文当日生，屈原当日死。
生为薛城君，死作汨罗鬼。
高堂狐兔游，雍门发悲涕。
人命草头露，荣华风过耳。
唯有烈士心，不随水俱逝。
至今荆楚人，江上年年祭。
不知生者荣，但知死者贵。
勿谓死可憎，勿谓生可喜。
万物皆有尽，不灭唯天理。
百年如一日，一日或千岁。

哀故都之日远

195

〔元〕张渥 《九歌图》山鬼

> 秋风《汾水辞》，春暮《兰亭记》。
> 莫作留连悲，高歌舞槐翠。
> 　　《端午》

楚地位于中国的南边，而中国古代历朝历代的都城则多数在北方，那些在京城里遭到贬谪的官员时常要经过这里。湘江的流水从楚时流到今日，还依然保留着它烟水迷茫的旧貌，而屈原的灵魂大概也已经化作了其间的神祇，日日夜夜在江上行吟，为这里的风景增添了萧森哀愁的气象。李绅在《涉沅潇》里描写道："屈原死处潇湘阴，沧浪淼淼云沉沉。蛟龙长怒虎长啸，山木修修波浪深。烟横日落惊鸿起，山映余霞杳千里。鸿叫离离入暮天，霞消漠漠深云水。水灵江暗扬波涛，鼋鼍动荡风骚骚。行人愁望待明月，星汉沉浮魑鬼号。"而戴叔伦的《过三闾庙》则流传更广：

> 沅湘流不尽，屈子怨何深。
> 日暮秋风起，萧萧枫树林。

楚地萧森渺茫的风景，尤其触痛逐臣迁客的心。以前，他们早已熟读《离骚》，但直到这一行才真正感同身受。屈原对他们来说，不再是面目模糊的古人，而成了他们此行唯一的伴侣和知己。唐代的韩愈曾屡遭贬谪，其中最著名的一次是因"谏迎佛骨"事件而被贬。事件的起因是唐宪宗笃信佛教，打算迎接"佛骨"入宫供奉，朝野上下顿时陷入一片拜佛的狂热。韩愈不愿迎合这种荒谬的举动，他冒着生命危险献上一篇《论佛骨表》，历数史上佞佛皇帝"运祚不长"的命运，满篇皆忧国爱民之话，初衷可谓正大光明。但他的文章拂了皇帝的"逆鳞"，唐宪宗为此勃然大怒，几乎要以"大不敬"的罪名将他处死，经人劝谏才勉强留他一条性命，改判贬谪潮阳。

韩愈南下，经过沅湘之地，想到屈原许身为国——"余固知謇謇之为患兮，忍而不能舍也"（《楚辞·离骚》），自己也何尝不是"欲为圣明除弊事，肯将衰朽惜残年"（《左迁至蓝关示侄孙湘》）？遭到流放之后，屈原曾在郢都之外徘徊不忍离去，也恰似他现在的处境："云横秦岭家何在，雪拥蓝关马不前。"（《左迁至蓝关示侄孙湘》）韩愈不免触景生情，想要为这位千年以前的同道者做一番祭奠，却不知要去哪里寻三闾大夫的旧迹：

猿愁鱼踊水翻波，自古流传是汨罗。
蘋藻满盘无处奠，空闻渔父扣舷歌。
《湘中》

和韩愈并称为"韩柳"的柳宗元也曾有过相似的行迹。唐顺宗时，启用王伾、王叔文等人主持"永贞革新"，柳宗元也是他麾下的一员。改革派推行了一系列有利于国计民生的政策，例如抑制藩镇、整顿吏治、收回宦官手中的权力等。但形势的严峻远远超出了他们的预计：藩镇和宦官的势力已经树大根深,哪里肯拱手让出手里的权力?他们反戈一击,竟逼迫重病的顺宗"禅让",将参与革新的"二王八司马"贬黜到遥远的边地。柳宗元先被贬到邵州,再被加贬为永州司马。在途经汨罗江时,他的行船遇到一些风浪,旁人都在惊惶哀泣,以为触犯了江水的神灵,免不了葬身鱼腹,而柳宗元却神色不变,题下了一首《汨罗遇风》:

> 南来不作楚臣悲,重入修门自有期。
> 为报春风汨罗道,莫将波浪枉明时。

"修门"就是楚国郢都的南门,屈原曾经在《招魂》里呼唤过:"魂兮归来,入修门些。"传说屈原听说楚怀王客死在秦国,写下这篇《招魂》呼唤他的魂魄。也有人说它是宋玉所作,宋玉哀怜自己的老师"魂魄放佚",故作此诗以招其生魂。楚人相信,人即使死在他乡,他的魂魄也会随着亲人的呼唤而归来。这样一想,似乎荒芜辽远的边鄙之地也不那么可怕。柳宗元行到此地,不但没有惊恐悲哀,反倒打起精神,相信自己终有一日能够回到京城。他犹自对江上的风浪开起玩笑:现在正是太平年代,可不要把我们错当作龙宫水府的客人了。

陆游特别景仰屈原,平生一大爱好就是"痛饮读《离骚》"。他自诩"平生离骚读千遍"(《寄题吴斗南玩芳亭》),将《离骚》《招魂》当作常伴身边的"好友",在写诗的时候也常常取法于屈原,"尽拾灵均怨句新"(杨万里《跋陆务观剑南诗稿》),甚至幻想过回到战国末期的楚国去,"飞棹中流救屈平"（《乙丑重五》）。

　　陆游对屈原抱有特殊的情感，和他自身的经历不无关系。陆游生于北宋末年，在战乱中度过了颠沛惶恐的童年，成年之后，他将自己锤炼成上马能杀敌、下马能草檄的文武全才，满心要扫清六合之内的胡尘，光复中原。但他的报国之路充满了崎岖：陆游先是因为才华被秦桧嫉恨，将他从科考的金榜上除名，等秦桧病逝，陆游才得以踏上仕途。正当他准备一展抱负的时候，却发现朝中充斥着贪安堕落的空气，没有几个人真心相信"复国"的旧话，正是："和戎诏下十五年，将军不战空临边。朱门沉沉按歌舞，厩马肥死弓断弦。"（《关山月》）这使他想起屈原"举世皆浊我独清，众人皆醉我独醒"（《楚辞·渔父》）的悲哀。陆游的理想显得格格不入，他很快就受到了"鼓唱是非"的指责，被罢官还乡。

　　还乡以后的陆游写过一首诗："屈子所悲人尽醉，郦生常谓我非狂。知心赖有青天在，又炷中庭一夕香。"（《晚兴》）屈原眼睁睁地看着自己的国家在歌舞升平中走向毁灭，陆游又何尝不是呢？他不得不忍受主和派幸灾乐祸的眼神，收拾起他的壮志黯然离去。复国的希望，就在偏安一隅的岁月里一天天变得渺茫。陆游感到和屈原一样孤独，只好用躬耕来排解闲居岁月的苦闷，梁启超评论晚年的陆游，说他是"辜负胸中十万兵，百无聊赖以诗鸣"（《读〈陆放翁集〉》其二）。但陆游毕竟比屈原幸运几分，晚年的陆游尽管仍然惦记着北地的铁马冰河，却不必像屈原一样行吟泽畔形容枯槁，因为他还能够回到山阴老家，得到故乡田园山水的抚慰，偶尔也有笑谈："人间清绝沅湘路，常笑灵均作许愁。"（《芳华楼夜宴》）

屈原得到过如此多人的惺惺相惜，其中与他的气质和命运都最接近的一个，恐怕要数西汉初年的贾谊了，司马迁将他二人的事迹并作一处，一起写成了《屈原贾生列传》。诗人们也常常将"屈贾"相提并论，杜甫写他们身世相类："中间屈贾辈，谗毁竟自取。郁没二悲魂，萧条犹在否？"（《上水遣怀》）陆游说他们才情相当："诗家三昧忽见前，屈贾在眼元历历。"（《九月一日夜读诗稿有感走笔作歌》）甚至他们的情感和思念也是相似的，欧阳修就说："屈贾江山思不休，霜飞翠葆忽惊秋。"（《送赵山人归旧山》）

贾谊少负才名，在十八岁的年纪就已经崭露头角，汉文帝与他谈论天下大事，每每击节赞叹，仅仅一年之内，就把他破格提升为太中大夫。年轻的贾谊意气风发，压倒群伦，正是"儒生首出通时务，年少群惊压老成"（黄遵宪《长沙吊贾谊宅》）。贾谊和汉文帝的相逢，本应该成就一段贤才遇上明君的美谈——这样千载难逢的机会，多少人终其一生也没有等到。韩愈曾经说过："千里马常有，而伯乐不常有。故虽有名马，只辱于奴隶人之手，骈死于槽枥之间。"（韩愈《马说》）相比之下，贾谊这匹千里马是何其幸运。

贾谊踌躇满志，为文帝献上一系列制度筹划，"改正朔，易服色，法制度，定官名，兴礼乐"（司马迁《史记·屈原贾生列传》），却意外地被当头浇了一盆冷水：许多官僚和宗室成员联起手来反对他。这些人有的出于维护自己的利益，有的则是对贾谊少年得志嫉恨已久——跟朝中绝大多数人比起来，贾谊实在太过年轻，却得到了太多的倚重。他的锋芒使得很多人为之侧目，尤其是周勃、灌婴这些以军功居位的老臣，哪里肯把这个年轻文弱的书生放在眼里？李白在《行路难》里也曾说"淮阴市井笑韩信，汉朝公卿忌贾生"，大臣们纷纷上书，攻击贾谊"年少初学，专欲擅权，纷乱诸事"（司马迁《史记·屈原贾生列传》），用尽一切办法排挤他。

汉文帝绝不敢轻视这些反对声，因为他早年正是凭借周勃、灌婴的拥戴才击败吕氏，登上了帝位。于是，汉文帝逐渐疏远了贾谊，最终将他贬为长沙王太傅。贾谊被迫离开了长安，他南下途径湘水，在极度哀伤失望之中，仿佛看见了在这里投江自沉的屈原，听见了《离骚》终章"已矣哉！国无人兮，莫我知也"的悲叹。现实中无处倾诉，贾谊只好向古代的贤人一吐胸中块垒，他写了一篇《吊屈原赋》，既是凭吊屈原，又是在哀痛自己理想的失落："国其莫我知兮，独壹郁其谁语？"他们的愤懑是相似的，贤才招人嫉恨，而忠言不被采纳："鸾凤伏窜兮，鸱枭翱翔。阘茸尊显兮，谗谀得志；贤圣逆曳兮，方正倒植。"贾谊与屈原虽然远隔百年光阴，彼此之间却有一种同病相怜的情感，唐代戴叔伦经过贾谊的旧居，想到这篇《吊屈原赋》，亦有所感："一谪长沙地，三年叹逐臣。上书忧汉室，作赋吊灵均"（《过贾谊宅》），"谩有长书忧汉室，空将哀些吊沅湘"（《过贾谊旧居》）。

对于屈原的悲剧，人们尚且能归咎于国君昏聩、时世黑暗，而贾谊生于汉初的清平时代，又遇上了汉文帝这样的明君，但刚刚受到重用就无端罹祸，落得与屈原相似的结果，令人不得不感叹朝堂上的人心险恶，也更加为贾谊的悲剧而扼腕叹息。白居易《读史》其一就拿屈、贾二人来做对比，认为贾谊的憾恨甚至比屈原更深：

楚怀放灵均，国政亦荒淫。
彷徨未忍决，绕泽行悲吟。
汉文疑贾生，谪置湘之阴。
是时刑方措，此去难为心。
士生一代间，谁不有浮沉。
良时真可惜，乱世何足钦。
乃知汨罗恨，未抵长沙深。

士人们殷殷期盼的"明君"，也会辜负像贾谊这样的贤才，这是许多古代读书人走不出的困境。王勃的《滕王阁序》就说过"屈贾谊于长沙，非无圣主"。刘长卿的《长沙过贾谊宅》一诗，也曾经点破过这种无奈：

三年谪宦此栖迟，万古惟留楚客悲。
秋草独寻人去后，寒林空见日斜时。
汉文有道恩犹薄，湘水无情吊岂知？
寂寂江山摇落处，怜君何事到天涯。

刘长卿本是天宝年间的进士，可惜时运不济，还没等到揭榜，就遇上了安史之乱的大变局。好容易等到战争平定，刘长卿陆续任转运判官之类的官职，他性情刚强，为官之处都纲纪严明、吏治井然："傲其迹而峻其政，能使纲不紊，吏不欺。"（《送长洲刘少府贬南巴使牒留洪府序》）但他虽有才干，却因为个性耿直而不容于官场，最终"刚而犯上，两遭迁谪"（高仲武《中兴间气集》）。

战争离乱、政治失意，使得刘长卿对于屈原和贾谊的故事有了别样的感触。他也曾经过长沙，这里还遗留着楚风汉月时候的凄凉寂寞，"汉口夕阳斜渡鸟，洞庭秋水远连天。孤城背岭寒吹角，独戍临江夜泊船"（《自夏口至鹦鹉洲夕望岳阳寄元中丞》），分外触动迁客骚人的哀思。刘长卿怜惜贾谊的才华，同情他无辜受难，而贾谊的身世仿佛就是他的影子一般，在孤独失意的关头成为他唯一的陪伴。刘长卿对贾谊有着深切的同情，也为长沙这个伤感的地名写下许多喟叹："贾谊上书忧汉室，长沙谪去古今怜。"（《自夏口至鹦鹉洲夕望岳阳寄元中丞》）"惆怅长沙谪去，江潭芳草萋萋。"（《茗溪酬梁耿别后见寄》）"乡心新岁切，天畔独潸然。老至居人下，春归在客先。岭猿同旦暮，江柳共风烟。已似长沙傅，从今又几年。"（《新年作》）

贾谊在长沙度过了三年清冷的谪居生涯，某一日，汉文帝困惑于鬼神之事而得不到解答，于是又想起了被他弃置了许久的贾谊，将他召回长安，在未央宫祭神的宣室与贾谊相见，向他问起鬼神的由来。贾谊为汉文帝条分缕析，原原本本地解释了个明白，两人一直谈到深夜，汉文帝听得入迷，一边听，一边不知不觉地移坐到席子的前端。直到贾谊讲完了，文帝才感叹道："我许久没有见到贾生了，自以为已经超过了他，今日一见，又自愧不如。"

不难想象，贾谊对这次会面曾经是多么期待，他胸中还有许多谋略未曾献上，还有许多宏图大计未曾付诸实践，且他离开长安三年，又见了那么多地方上的风土民情，他实在有太多话想对汉文帝说了。但汉文帝见了他，对这些一概不问，只对虚无缥缈的鬼神之事感兴趣。这个结果不得不令人感到遗憾。李商隐曾经写诗讽刺道：

宣室求贤访逐臣，贾生才调更无伦。
可怜夜半虚前席，不问苍生问鬼神。
《贾生》

汉文帝的"前席"无关乎苍生的福祉，也没有改变贾谊的命运——虽然当年排挤过他的大臣们已经不再当权，灌婴已经在丞相任上死去，而周勃也被罢相，回到了自己的封地，但汉文帝并没有因此将贾谊留在身边，而是让他到自己小儿子梁怀王的封国去当太傅。汉文帝虽然是青史流芳的"明君"，但在用人的问题上并不算十分公道，贾生有经天纬地之才，却得到飘零沦落的结果，那么最受汉文帝亲近的又是些什么人呢？王禹偁《读汉文纪》曾经将贾谊和邓通拿来对比："贾生多谪宦，邓通终铸钱。谩道膝前席，不如衣后穿。"

邓通是汉文帝时期的弄臣，司马迁说，邓通没有别的能耐，也不能推荐贤士，他的安身立命之道就是小心谨慎，亲媚于皇帝。邓通的发迹之路颇为神奇，他本是一个负责划船的黄头郎，后来平步青云，全因皇帝的一场梦：汉文帝信鬼神、好长生，有一晚梦见自己飘飘悠悠，将要羽化登仙，但还差最后一步，怎么也登不上去，正在万分着急之时，有一个黄头郎在背后助了一臂之力，将他推上天去。文帝一回头，看见这个黄头郎穿着一件横腰衫襦，衣带在背后打了一个结。梦醒以后，文帝暗中查看，正好看见邓通的衣带结在背后，便认定他就是梦中的黄头郎，于是分外宠幸他，甚至赐给他一座铜山来铸钱。贾谊在长沙时，曾写过一篇《谏铸钱疏》，指出私人铸钱会使得国家币制混乱，对于国计民生都十分有害，但文帝宠爱邓通，并没有采纳贾谊的意见。王禹偁感叹"漫道膝前席，不如衣后穿"，认为贾谊空有一身治国的才略，竟然还比不上邓通背后的衣结，皇帝的亲疏好恶实在是再荒唐不过了。

如果说邓通只是一介宠嬖，不能算是左右朝政的重臣，那当时的朝廷上又是什么样的人最得信赖呢？刘禹锡的《咏史》其二，对汉文帝用人不当颇有微词：

贾生明王道，卫绾工车戏。
同遇汉文时，何人居贵位？

贾谊胸有济世之才，而卫绾只是以杂耍逗乐起家，最终却位极人臣。卫绾官居宰相多年，既无拾遗补阙之功，亦无兴利除弊之绩，司马迁也说他"自初官以至丞相，终无可言"（《史记·万石张叔列传》）。在后人的评论里，卫绾恐怕难逃"尸位素餐"的指责，但当时的人却未必这样想，他们嫉妒贾谊刺眼的光芒，反倒认为卫绾的无所作为是一种"忠厚长者"的风范。因此贾谊遭到谗毁，而卫绾却凭着"谨慎自守"得到了文、景二帝的器重，两者对比之下，不得不令人感到命运的荒谬和讽刺。

刘禹锡这一番议论也是事出有因的：他与柳宗元既是同榜进士，又同是"永贞革新"的参与者，当革新失败，他们也同时被贬谪到遥远的边地。《新唐书》说："禹锡恃才而废，褊心不能无怨望"。他和贾谊一样，本来有志于为国家兴利除弊，不料因为触动权贵的利益而遭到反扑。贾谊贬谪三年，已经万般煎熬，"长沙卑湿，自以为寿不得长"（《史记·屈原贾生列传》），而刘禹锡则"巴山楚水凄凉地，二十三年弃置身"（《酬乐天扬州初逢席上见赠》），他本是一名锐意进取的改革者，却被当成了沉舟病树，抛弃到无人过问的远郡。晚唐的时候宦官把持朝政，对于正直的朝臣非常忌惮，朝廷上庸人当道，而英俊之才则沉沦下僚。在这种环境之下，刘禹锡仍然坚持着自己的本心，他在《咏史》其一里说："世道剧颓波，我心如砥柱。"这种刚毅昂扬的态度，时常见于刘禹锡贬谪时期的诗作里：

莫道谗言如浪深，莫言迁客似沙沉。
千淘万漉虽辛苦，吹尽狂沙始到金。
《浪淘沙》

这种不服输的精神支撑着刘禹锡度过艰难的岁月。和一般伤春悲秋的文人不同，他常常在萧索的情境中看到辽远壮阔的气象。他不但不悲秋，反说"晴空一鹤排云上，便引诗情到碧霄"（《秋词》其一），他笔下的秋风也是爽朗壮健的："马思边草拳毛动，雕眄青云睡眼开。天地肃清堪四望，为君扶病上高台。"(《始闻秋风》)朝中奸佞的打压始终没有击垮他的精神，反而使他的诗句增添了傲视群小、独立不移的气概。刘禹锡当年讥讽小人得志，说"玄都观里桃千树，尽是刘郎去后栽"(《元和十年自朗州承召至京，戏赠看花诸君子》)，因此贻人口实而遭到报复，等他历尽艰辛地归来，仍不改当年的斗志，笑看那些曾经飞扬跋扈，而今不知去向的小人："种桃道士归何处？前度刘郎今又来。"(《再游玄都观》)

　　在刘禹锡的诗中，常常能读到这种振衰起废、催人向上的精神力量，他虽然仕途屡屡受挫，又常年在偏远落后之地度过贬谪生涯，却出人意料地熬过了一次又一次的打击，最后以七十高龄离世，被追赠户部尚书。倘若贾谊在失意之时能有刘禹锡这样的胸襟气概，大概就不会因为梁怀王的意外落马而过度哀伤，以致抑郁身亡。贾谊去世时年仅三十三岁，他的才华与年寿是如此不相称，仿佛是一颗划破苍穹照亮黑夜的彗星。尽管如此，贾谊仍在异常短暂的政治生涯里发挥了极其重要的影响，他的《过秦论》《论积贮疏》《治安策》等，不仅是千古流芳的美文，更对西汉初年的政策产生了深远的影响，为文景之治和汉武盛世奠定了基础。他甚至预见到了日后的吴楚七国之乱，在去世之前早早定下了部署。凭贾谊超越群伦的政治远见，倘若上苍多给他几年时间建言献策，也许西汉就会是一番更加壮阔的格局。

　　苏轼写过一篇《贾谊论》，说贾谊的悲剧"未必皆其时君之罪，或者其自取也"。他批评贾谊气度不足，以至于为了一时的挫败而自毁自伤："观其过湘，为赋以吊屈原，萦纡郁闷，趯然有远举之志。其后以自伤哭泣，至于夭绝，是亦不善处穷者也。夫谋之一不见用，则安知终不复用也？不知默默以待其变，而自残至此！呜呼，贾生志大而量小，才有余而识不足也。"苏轼这一番见解，不仅是对历史故事的评论，也是对自我人生体验的总结。苏轼先是因为反对王安石变法而获罪于新党，后来旧党上台，他又因看不惯司马光尽数废除新法中的善政，而不见容于旧党。苏轼主张或者反对某观点，都是出于为国为民的考虑，但朝廷上新旧两派党同伐异，一切的观点都被视为"站队"行为，苏轼因此处处受到排挤，三次被贬出京城，而且流放地一次比一次偏远。倘若苏轼从此一蹶不振，灰心丧气，恐怕就永远地葬身在南方的瘴疠之地了。

所幸的是，苏轼是一个豁达乐观之人，他的思想里除了儒家的济世精神，也糅合了释道的超脱出世，所以他既能够为天下苍生谋福祉而不顾个人安危，又能够对名利场上的得失起落淡然处之。他在失意时写下的《定风波》就是这种旷达精神的写照：

莫听穿林打叶声，何妨吟啸且徐行。竹杖芒鞋轻胜马，谁怕？一蓑烟雨任平生。　料峭春风吹酒醒，微冷，山头斜照却相迎。回首向来萧瑟处，归去，也无风雨也无晴。

苏轼性情耿直，看到官场上的小人、弊政，就"如食内有蝇，吐之乃已"（朱弁《曲洧旧闻》），自己也屡次因此在官场受挫。弟弟苏辙也说他

"见义勇于敢为,而不顾其害。用此数困于世,然终不以为恨"(《亡兄子瞻端明墓志铭》)。政治上的宠辱起伏就像是自然界的风霜雨雪一样,既然不以人的意志为转移,也就无妨坦然受之。

苏轼的前辈兼恩师欧阳修曾经说过:"行见江山且吟咏,不因迁谪岂能来。"(《黄溪夜泊》)乐观地来看,倘若不是遭到贬谪,他们估计永远也没有机会看到这些风景名胜。苏轼也一样,他处于困顿之中仍然有审美的愉悦——黄州有山珍水族之美:"自笑平生为口忙,老来事业转荒唐。长江绕郭知鱼美,好竹连山觉笋香。"(《初到黄州》)惠州有佳果风味:"日啖荔枝三百颗,不辞长作岭南人。"(《食荔枝》)儋州则有海天形胜:"九死南荒吾不恨,兹游奇绝冠平生。"(《六月二十日夜渡海》)苏轼在左迁生涯中并不只欣赏美景品味美食,他仍然像处于庙堂之上一样关心百姓的生计,他每被贬到一个地方,都居官清正,为民兴利除弊。苏轼在《自题金山画像》里说:"问汝平生功业,黄州惠州儋州。"这话半是自嘲,却也有一点自豪的意味。当他从儋州北归,临行前作了《别海南黎民表》:"我本海南民,寄生西蜀州。忽然跨海去,譬如事远游。"他没有把儋州看作偏远的异域,而是将这里的人民看作自己的父老,正是所谓"此心安处是吾乡"(苏轼《定风波》)。

苏轼的《贾谊论》实际上可以看作某种自我警策,他说:"有高世之才,必有遗俗之累。"像贾谊和苏轼这样的人,常常因为卓越的才情见识而难以与庸俗之辈同流,难免遭人嫉恨、命途多舛,既如此,就更应该自我开导勉励,韬光养晦以待时机。倘若自己先忧愁沮丧,自伤自残,即使遇上明主，也难以竭尽其才。苏轼同时也提醒说："亦使人君得如贾生之臣，则知其有狷介之操，一不见用，则忧伤病沮，不能复振。"他希望君主能够爱惜人才，使贾谊的悲剧不再重演。

王安石与苏轼在朝廷上亦敌亦友，私底下却惺惺相惜。作为一个有志于改革的人，王安石很早就倾慕贾谊，他早年写过一首《贾生》，将贾谊引为自己的同道：

汉有洛阳子，少年明是非。
所论多感慨，自信肯依违？
死者若可作，今人谁与归？
应须蹈东海，不但涕沾衣。

战国的鲁仲连因不愿做秦的子民，宁愿蹈东海而死，王安石认为他比不上贾谊，贾谊看到世间的种种不平，不是选择隐遁逃避，而是积极献策以图改革，他在给汉文帝献上的《治安策》中说："臣窃惟事势，可为痛哭者一，可为流涕者二，可为长太息者六。"贾谊对国事的执着与热忱，正是王安石所钦佩仰慕的。

王安石以贾谊自况，希望能变法救时，改善北宋积贫积弱的状况，在他主持熙宁变法之初，宋神宗对他言听计从，连他的反对者对此也无可奈何，说："上与安石如一人，此乃天也。"（语见李焘《续资治通鉴长编》）但随着变法深入，反对派的声浪加大，王安石与宋神宗的矛盾分歧也逐渐显露出来，熙宁七年（1074），宋神宗罢免了王安石的宰相职务，尽管王安石一年后再度拜相，但他与宋神宗的默契早已不复当年。他自己也感叹说，神宗对他的提议"只从得五分时也得也"。他的另一首《贾生》诗尤其值得玩味：

一时谋议略施行，谁道君王薄贾生？
爵位自高言尽废，古来何啻万公卿！

王安石并未将贾谊作为"怀才不遇"的典型。在他看来，虽然贾谊遭遇不幸，但他为汉文帝规划的谋略大体上都得到了采纳。实际上，贾谊通过汉文帝实现了他治国的理想，对于一个士大夫而言，还有什么待遇能比这更高呢？班固在《汉书·贾谊传》中也说："谊亦天年早终，虽不至公卿，未为不遇也。"王安石晚年被封为荆国公，比起贾谊的境况要安逸得多，但彼时他早已失去左右时局的能力。宋神宗去世、哲宗即位以后，反对新法的太皇太后高氏垂帘听政，起用旧党的司马光为相。王安石变法的政策被悉数废除，其一生心血付诸东流，比起贾谊恐怕会有更深的苦楚。

怀抱治国理想而遭遇现实挫折的人，都从屈原和贾谊的理想中看到了自己当年的影子，也从历史先贤的孤独忧愤中得到了些许的共鸣，因此，屈、贾二人才得到了如此多的同情和咏叹。屈原自沉汨罗，贾谊痛哭流涕，杜甫穷愁奔走，陆游僵卧孤村，苏轼竹杖芒鞋，与其说他们的困顿源于现实生活的艰难，不如说是受到内心理想和责任感的驱使。这些去国怀乡之人有过的一些穷愁忧戚之辞，在后人心目中，并非是一些失败者的牢骚，他们的忧患反倒令人激昂,感受到希望的力量,宣告了理想和灵魂对于黑暗现实的超越和胜利。这也是为何他们愿意为了未曾谋面的苍生百姓而牺牲自己的福祉,为了高洁的信仰而对高爵厚禄视如鸿毛。

何处望神州

体国经野

在没有人造卫星的时代，视野之外的世界就像一个诱人的传说，虽不可见，却在口口相传中积累下真实的分量。人们通过绘制地图延展自己的视线，《周礼》中有所谓"体国经野"的说法，说的是国家初定之时，要派人划分都城的区域，丈量田地的大小。可以想象，那些不知名的小吏忙忙碌碌地跑遍了全国，他们积年累月的成果汇集起来，才令咫尺大的地图上显现出国家的全貌。

文学里也有一幅国家地图。南朝的刘勰在《文心雕龙》中写道："夫京殿苑猎，述行序志，并体国经野，义尚光大，既履端于倡序，亦归馀于总乱。"他注意到，楚辞汉赋中有大量描写游猎行旅的作品，这些文章不辞繁复地描写山川气势和苑囿奇景，不仅是在描画地理的空间，更是将它们视为国家和君王的象征。这也是一种"体国经野"：文学家在尺牍上画出了一幅层次更加丰富的国家地图。几千年沧海桑田，地图上的中国早已不是秦始皇当年的面貌，而我们心理上的国家地图更加复杂——在所有山川湖泊、城池田郭之外，还有一个时间的维度，历史造就了我们对家国的理解，诗词则为它增添了风韵与情愁。

若在地图上搜寻"玉门关"这个地名，你会在甘肃敦煌的西北找到它：一座兀然蹲踞在漫漫黄沙中的四方土城。不过，纵然你从不知道它的地理坐标，也可以从"玉门关"三个字上隐隐听见塞外风沙的呼啸，看见杨柳枝头一点珍贵的绿意。李白有一首《关山月》，描绘了玉门关的壮阔景色，也诉说了这里的苍凉往事：

> 明月出天山，苍茫云海间。
> 长风几万里，吹度玉门关。
> 汉下白登道，胡窥青海湾。
> 由来征战地，不见有人还。
> 戍客望边邑，思归多苦颜。
> 高楼当此夜，叹息未应闲。

自从汉武开边，玉门关就成了河西走廊上一个瞩目的据点：在和平年代，丝路的商队在这里歇息，西域的白玉从这里进入中原，而烽烟一起，它又成了兵家争夺的要地。

对于惜别的古人来说，这个遥远的地名令他们担忧：此去经年，鱼书雁帛都不能到达，他们会走出多远的路，看到什么样的奇景？当地的饮食，是否还能习惯？塞外的寒冬，恐怕比故乡来得更早些吧？一切都不得而知，担忧和挂念是他们仅有的关怀方式，一头牵着游子，一头系着故人。几千年丝丝缕缕的牵挂收束进诗里，"玉门关"就像是这些丝线捻成的结，尽管只有极少的人亲自游历过它，但几乎每个人心中都有这样一座关隘，黄河远上白云间，在千山万壑里横亘着。它阻断了故土的温暖安逸，导向茫茫未知的前途，同时，也如同一个可以安歇的据点，让忍受离愁的家人有了遥望的方向。

家人的担忧不是没有理由的。尽管西域有种种瑰丽的出产，无数的宝马美玉都囤积在玉门关，等待着被送到长安卖出令人咋舌的价钱，但相比于人们世代安居的中原，西北边陲实在是有些荒凉，气候也过于奇特了：刮起风，就是"轮台九月风夜吼，一川碎石大如斗，随风满地石乱走"（岑参《走马川行奉送封大夫出师西征》）；下起雪，就是"北风卷地白草折，胡天八月即飞雪。忽如一夜春风来，千树万树梨花开"（岑参《白雪歌送武判官归京》）。这还不算什么，在雪山大漠间驱驰的游牧民族更令人不敢小觑。人们一次次地目送出征或者和亲的队伍走向西北，却极少见到谁从那里归来。唐代李颀写过一首《古从军行》，西北的景色和它的历史交织在一起，使人为它的辽阔悲壮而惊叹：

  白日登山望烽火，黄昏饮马傍交河。
  行人刁斗风沙暗，公主琵琶幽怨多。
  野云万里无城郭，雨雪纷纷连大漠。
  胡雁哀鸣夜夜飞，胡儿眼泪双双落。
  闻道玉门犹被遮，应将性命逐轻车。
  年年战骨埋荒外，空见蒲桃入汉家。

中国的北方边境，似乎总带有一点狼烟的气味。长城修了又修，国境线几度迁移，即便刀兵不起，这里也是"有日云长惨，无风沙自惊"（李益《登长城》），一阵秋风，一声马鸣，都会牵动人们对家国的担忧。从先秦的时候起，就有无数的民夫被征发到修长城的行伍中，每一块城砖都像他们一样无名而静默。全国各地不知有多少寒衣送向这里，一并带来了家中妻子的梦魂，然而有多少人能盼到它，又有多少人在此之前就无声无息地死去？陈琳的《饮马长城窟行》令人读之泣下：

> 饮马长城窟，水寒伤马骨。
> 往谓长城吏，慎莫稽留太原卒。
> 官作自有程，举筑谐汝声。
> 男儿宁当格斗死，何能怫郁筑长城。
> 长城何连连，连连三千里。
> 边城多健少，内舍多寡妇。
> 作书与内舍，便嫁莫留住。
> 善待新姑嫜，时时念我故夫子。
> 报书往边地，君今出语一何鄙。
> 身在祸难中，何为稽留他家子。
> 生男慎莫举，生女哺用脯。
> 君独不见长城下，死人骸骨相撑拄。
> 结发行事君，慊慊心意关。

明知边地苦，贱妾何能久自全。

然而他们的血汗也没有白流，无数平民拼上自己的身躯性命，在崇山之上铸成了一道屏障，这个奇迹般的伟大工程庇护着中国北方辽阔厚重的黄土地。

就拿西安来说，它被称作长安时，曾经以天朝上国的威仪倾倒世界。王维写过它的尊贵宏丽："绛帻鸡人报晓筹，尚衣方进翠云裘。九天阊阖开宫殿，万国衣冠拜冕旒。日色才临仙掌动，香烟欲傍衮龙浮。朝罢须裁五色诏，佩声归到凤池头。"（《和贾至舍人早朝大明宫之作》）"渭北走邯郸，关东出函谷。秦地万方会，来朝九州牧。鸡鸣咸阳中，冠盖相追逐。丞相过列侯，群公饯光禄。"（《冬日游览》）

而宫殿以外就更热闹了，汉长安城就是"北堂夜夜人如月，南陌朝朝骑似云"（卢照邻《长安古意》），笔直的街道上，萧何的车马扬起尘土，游侠儿携着猎鹰和宝剑呼啸走过。而唐长安城更叫人心动：酒家里有太白醉卧，"天子呼来不上船，自称臣是酒中仙"（杜甫《饮中八仙歌》）。教坊里有色艺俱佳的乐伎，若想听一曲琵琶，得送上顶好的红绡做缠头，来换半晌"大珠小珠落玉盘"；若想观舞，可以去寻公孙大娘，围观的人群像海潮一般，其中就站着幼年的杜甫，中年以后他想起这一幕，仍记得"㸌如羿射九日落，矫如群帝骖龙翔。来如雷霆收震怒，罢如江海凝清光"（杜甫《观公孙大娘弟子舞剑器行》）；若要听长安城里最美妙的歌声，就得去念奴的歌楼，只要她"飞上九天歌一声"，整个热闹的长安城都会瞬间安静下来。

若是厌倦了坊市的喧嚣，想寻一个清净的去处，不妨到大雁塔附近走走。它高高地耸立在红尘之外，正是："登临出世界，磴道盘虚空。突兀压神州，峥嵘如鬼工。四角碍白日，七层摩苍穹。"（岑参《与高适薛据登慈恩寺浮图》）不仅如此，大雁塔内还藏着西域求来的真经，使它放射出异样的瑞气金光，引来无数善男信女虔心朝拜。那一年的大雁塔里，译经的玄奘有些疲倦，他坐在禅床上冥思，春风翻动案头的卷宗，又听得檐角上的梵铃发出清响。

正因为长安有过这样辉煌的岁月，它的衰落才格外令人扼腕。人事有代谢，往来成古今，鲜花着锦的长安也无法抗拒历史的轮回：阿房宫还未建好便被焚毁，烈火三月不熄。取而代之的是西汉的未央宫、长乐宫。东汉时，国都迁到洛阳，董卓又烧毁了洛阳的宫殿，挟持着汉献帝迁回长安。此时，汉室的气数已尽，长安城也失去了汉高祖时的气象。在城外，许多人打着勤王的旗号讨伐董卓，同时暗暗地觊觎着帝王的宝座。曹操的《蒿里行》记录下了这一幕：

> 关东有义士，兴兵讨群凶。
> 初期会盟津，乃心在咸阳。
> 军合力不齐，踌躇而雁行。
> 势利使人争，嗣还自相戕。
> 淮南弟称号，刻玺于北方。
> 铠甲生虮虱，万姓以死亡。
> 白骨露于野，千里无鸡鸣。
> 生民百遗一，念之断人肠。

曹操的视野远远地延伸到目光无法触及的地方，几年的戎马倥偬令他可以纵观整个中国的北方。他们起兵的盟津在今天的河南孟州市，这里也是传说中周武王结盟八百诸侯发兵伐纣的会合地。历史和现实似乎在他们结盟的那一刻重叠了，结局却讽刺性地走向了歧途：跟一呼百应的周武王不同，讨伐董卓的军队貌合神离、互相观望，畏缩不前、按兵不动，甚至是自相残杀。他们讨伐董卓没有成功，却为了自己的私利争斗起来。长年的征战使得士兵身上的铠甲长出了虱子，烽烟代替了百姓的炊烟，和平时代的鸡鸣犬吠早已难觅踪迹。回首盟军集结的那年，曹操也许想到了武王伐纣时"吊民伐罪"的旗号，但现实不得不令他感到厌恶和悲哀：百姓往日忍受的横征暴敛非但没有减轻，他们反而要遭受更深重的折磨。

宏丽的都城令野心家垂涎，为了夺取它，不惜先用战火将它烧毁。曹操写《蒿里行》的时候，对这些成事不足的军阀厌憎至极。同时代的王粲写的《七哀诗》，则更多是站在一个普通人的视角，描画汉末长安哀鸿遍野的一面：

  西京乱无象，豺虎方遘患。
  复弃中国去，委身适荆蛮。
  亲戚对我悲，朋友相追攀。
  出门无所见，白骨蔽平原。
  路有饥妇人，抱子弃草间。
  顾闻号泣声，挥涕独不还。

> 未知身死处，何能两相完。
> 驱马弃之去，不忍听此言。
> 南登霸陵岸，回首望长安。
> 悟彼下泉人，喟然伤心肝。

饥妇的哀语，字字泣血，令闻者惨然。谁还能认出此时的长安城？建起它，需要高祖的基业、文帝景帝的经营、武帝的开拓飞扬，而毁坏它，只要几个"豺虎"作祸，几代人的积累就瞬间化为土灰。

中唐以后的长安不比汉末更幸运。安史之乱后，唐王朝不可遏制地衰败了下去，它们相似的命运经常引起诗人的联想。李贺跟很多同时代诗人一样，在汉代的兴衰中看出了本朝的结局，他的《金铜仙人辞汉歌》虽然句句是写遥远的汉朝，但哀悼的意味却指向了暮气沉沉、日薄西山的唐朝：

> 茂陵刘郎秋风客，夜闻马嘶晓无迹。
> 画栏桂树悬秋香，三十六宫土花碧。
> 魏官牵车指千里，东关酸风射眸子。
> 空将汉月出宫门，忆君清泪如铅水。
> 衰兰送客咸阳道，天若有情天亦老。
> 携盘独出月荒凉，渭城已远波声小。

金铜仙人是汉武帝建造的，它矗立在神明台上，"高二十丈，大十围"。金铜仙人见过汉朝最辉煌的年代,又眼睁睁地看着国祚终结。魏明帝景初元年(237),它被拆离汉宫,运往洛阳。李贺写《金铜仙人辞汉歌》的时候,也正在由长安前往洛阳的途中。他本是唐室宗亲,却没有沾到多少祖先的余荫,多年来进仕无望、报国无门,此时又因病辞去奉礼郎职务,不由得"百感交并,故作非非想,寄其悲于金铜仙人耳"(朱自清《李贺年谱》)。李贺的家国之痛、身世之悲,竟能灌注到没有生命的铜人上,使它们也能看见茂陵的汉墓,听见渭水的波声,甚至教它们懂得心酸眼痛、落下铅水样的清泪,这样奇特的想象,的确无愧于"诗鬼"之名。

北方遭受的战火实在太多,使人几乎忘记它曾经的安详岁月——就像《诗经》的《周颂·载芟》里记述的那样,周的先民们得到黄河的滋养,在广阔厚重的沃土上劳作:"载芟载柞,其耕泽泽。千耦其耘,徂隰徂畛。""有略其耜,俶载南亩。播厥百谷,实函斯活。"这样的颂词在宗庙的钟鼓声中演唱,代表周人郑重地怀想他们开拓和耕耘的岁月。只不过,这样的诗很少直接记录地名,因为在太平无事的年代,人们对地名的印象是模糊的。《豳风·七月》里"同我妇子,馌彼南亩,田畯至喜"的一幕,似乎可以移植到中国北方的任何一个田头。而在离乱岁月里,平民远离故土,战士踏上征途,他们渡过流水溅溅的黄河,听见燕山胡骑的嘶鸣,于是开始记住一些陌生的地名,知道了他们的国家原来有这样多的城池和土地,然而最挂念的故土却在行路中渐渐远去了。南北朝时期有一首《陇头歌辞》,我们已经无法考查作者的姓名,也许是因为北朝动荡,这首歌经过了一次次的传唱,每一个歌者都为它浸上了一把眼泪,使它成为离人共同的心声：

  其一
  陇头流水，流离山下。
  念吾一身，飘然旷野。

  其二
  朝发欣城，暮宿陇头。
  寒不能语，舌卷入喉。

  其三
  陇头流水，鸣声呜咽。
  遥望秦川，心肝断绝。

  南北朝的分裂在北宋的靖康年再一次上演。和唱着《陇头歌辞》的北人不同，宋代的难民在匆遽中走了更远的路，他们的归程被宽阔的长江阻断了。"北方"对他们而言，是只能眺望而无法踏足的。家乡沦陷，每一个南渡的北人都感到切痛，农夫想到了播种季节里长出野草的田地，孩童想到了逃难中失散的邻居玩伴，而士人们想起自己对家国的责任，更感到个人遭遇以外的一份沉重。整个南宋，几乎每一个有抱负的诗人都在眺望北方，"北方"就像一块巨大的磁石，吸引着他们千山万水也阻不断的思念。

诗词里的家国情怀

何处望神州

[宋]马和之《豳风图·七月》

写北望的词在南宋多如恒河沙数。陆游在南郑西北写《秋波媚》的时候，长安已经沦陷："秋到边城角声哀，烽火照高台。悲歌击筑，凭高酹酒，此兴悠哉。"陆游亲临抗金前线，遥望三秦之地，渴望收复而不得。他在南郑只停留了八个月时间，但这段经历却成了他终生难忘的追忆。多年以后，陆游展开长安的地图，往日的铁马秋风仿佛又在眼前：

> 许国虽坚鬓已斑，山南经岁望南山。
> 横戈上马嗟心在，穿堑环城笑虏孱。
> 日暮风烟传陇上，秋高刁斗落云间。
> 三秦父老应惆怅，不见王师出散关。
> 《观长安城图》

而到戴复古写《盱眙北望》的时候，整个中国北方都已在金兵的铁蹄之下了：

> 北望茫茫渺渺间，鸟飞不尽又飞还。
> 难禁满目中原泪，莫上都梁第一山。

当年隋炀帝南巡扬州，在盱眙山上修建了行宫都梁阁，炀帝穷奢极欲，隋朝二世而亡，历史的教训尚且不远，现实就让人感到了新的创痛。戴复古站在这盱眙山上眺望北方，极目渺渺之间，只有点点飞鸟来去。相比于人类，它们是多么幸运，长江也阻断不了它们的归程，寒来暑往，还能北归旧巢，而人类即使假借于舟楫，在此时也济渡不得。

辛弃疾的《菩萨蛮·书江西造口壁》，也是一首写北望的名作：

郁孤台下清江水，中间多少行人泪！西北望长安，可怜无数山。青山遮不住，毕竟东流去。江晚正愁余，山深闻鹧鸪。

郁孤台在赣州城西北角，"隆阜郁然，孤起平地数丈"（《方舆胜览》），正可以登高远望。俯瞰千山万壑之下，江水在蜿蜒流淌。这江水为何令他伤怀？据《宋史·后妃传》记载，汴京城破后，成百上千的帝子王孙、金枝玉叶都被俘虏，仅有少数人逃脱。传言中，金兵追赶隆祐太后，当时太后的卫兵不足百人，情急之下舍舟登陆，"太后及潘妃以农夫肩舆而行"。一直逃到这个江西造口，太后一行人才勉强脱离了险境。皇室尚且这样狼狈，那些南渡的平民又如何呢？辛弃疾站在这里，好像看见了当年仓皇失措的人们。江水就像是离乱年代的眼泪，人们的悲哀太深太重而无处倾诉，只能随着历史的长河"毕竟东流去"。这时候，辛弃疾偏偏听到了鹧鸪的啼声，人们说它的叫声像是"行不得也哥哥"，又传说鹧鸪"飞但南不向北"（《酉阳杂俎》），白居易的《山鹧鸪》也说："啼到晓，唯能愁北人，南人惯闻如不闻。"它的啼叫最能勾起北人的愁思，让他们想起南北分割，欲归不得的处境。

尽管北方的故国沦陷已久，很多词人甚至毕生都没有踏上故土，但这并不妨碍他们对金瓯重圆的渴望。当他们登高远眺，隔着长江的滔滔逝水，江北只是一个模糊的剪影,群山遮蔽了视线,长安不见使人愁。但看不见的灞桥和曲江仍然令他们感到熟悉亲切,因为古书里无数次咏叹过那里的秋月春风,南渡的长辈也不知向他们提起过多少次。在陆游、辛弃疾这些人心里,江南只是一个让他们舔舐伤口、积蓄力量的驿站,真正的国都永远在北方的中原,等待他们带着王师回去。

　　长江滚滚东逝,这一条没有冰冻期的河流不仅在地理上把中国划分为南北方,也一次又一次地成为古代对峙政权的边界,再加上河道绵长,沿岸繁荣富庶,长江上溯洄往来的船只终年不息——它既意味着沟通,也意味着隔绝。因此,比起浑厚壮阔的"九曲黄河万里沙"(刘禹锡《浪淘沙》),长江水里似乎流淌着更多的离别与思念。想起《红楼梦》里,众人看演《荆钗记·男祭》,林黛玉对宝钗说:"这王十朋也不通得很,不管在哪里祭一祭罢了,必定跑到江边子上来作什么?俗语说,'睹物思人',天下的水总归一源,不拘哪里的水舀一碗看着哭去,也就尽情了。"此话虽是为了打趣宝玉,却也点出了古人一种别致的寄情方式:虽然时间和空间无情地把人们分隔开来,然而还有自由的水,从古到今都在周而复始地沟通着整个世界。不能见面的男女,只要掬一捧清水,就仿佛看见了对方在江畔徘徊的身影:"我住长江头,君住长江尾。日日思君不见君,共饮长江水。"(李之仪《卜算子》)当亲朋送别的身影渐渐消失在地平线,也还有多情的流水,不远万里地追逐着行舟:"孤帆远影碧空尽,唯见长江天际流。"(李白《黄鹤楼送孟浩然之广陵》)然而这一点安慰有时也显得过于单薄了:"欲

寄两行迎尔泪，长江不肯向西流。"（白居易《得行简书，闻欲下峡，先以此寄》）

而回头来看江的另一边的南宋的都城临安，就是今天的杭州，这里似乎比北方要平静得多，长江天堑将它暂时与北方的烽烟隔离开来，使得南渡者获得了喘息的生机。人们对这个地方的感情是复杂的，一方面爱极，一方面又恨极。爱的自然是它的温柔美丽，就像韦庄《菩萨蛮》里写的一样：

>人人尽说江南好，游人只合江南老。春水碧于天，画船听雨眠。
>垆边人似月，皓腕凝霜雪。未老莫还乡，还乡须断肠。

唐宋以后，江南的经济更加发达，这里有怡人的气候，出产丰美的鱼米，加上多年安定富庶的积累，使得草木生灵都带有润泽的色彩。杭州西湖一带，尤其聚集了其中的精华。这里晴有水光潋滟，雨有山色空蒙，热闹时是"画船载酒西湖好，急管繁弦，玉盏催传"，静谧时是"行云却在行舟下，空水澄鲜，俯仰流连"。（欧阳修《采桑子》）古往今来，更有数不尽的名士美人为它增色，索居的隐士在这里植梅放鹤，苏小小的油壁车在西陵松柏下停驻，岳飞的铁骨、于谦的忠魂在这里安葬，就连传说中化成美人的白蛇，也是在西湖的断桥头与许仙初会。西湖如斯之美，仿佛人间所有珍贵的品质都能在这里找到安置的处所，题咏它的诗作不知凡几，却都只能展示这块宝石的某个切面，就算是柳永的名作《望海潮》，也仅仅写出了它富贵繁华的一面：

东南形胜，三吴都会，钱塘自古繁华。烟柳画桥，风帘翠幕，参差十万人家。云树绕堤沙。怒涛卷霜雪，天堑无涯。市列珠玑，户盈罗绮，竞豪奢。　　重湖叠巘清嘉。有三秋桂子，十里荷花。羌管弄晴，菱歌泛夜，嬉嬉钓叟莲娃。千骑拥高牙。乘醉听箫鼓，吟赏烟霞。异日图将好景，归去凤池夸。

这首《望海潮》着实是风月无边，叶梦得《避暑录话》中记载了一个西夏归朝官的话："凡有井水饮处，即能歌柳词。"江南的风物也随着这首词而脍炙人口，盛名传到了北方。罗大经《鹤林玉露》里说："此词流播，金主亮闻歌，欣然有慕于'三秋桂子，十里荷花'，遂起投鞭渡江之志。"金主完颜亮虎视眈眈，鲸吞了半壁江山还不满足，又对杭州产生了觊觎之心。

而经历了靖康国变，人们对杭州的情感也开始起了变化：有心重振河山的人，都对偏安苟且的南宋朝廷怀着很深的憾恨，这使得人们对西湖的风月也"恨"了起来。作为南宋人，罗大经读着柳永的《望海潮》，心情也十分复杂："至于荷艳桂香，妆点湖山之清丽，使士夫流连于歌舞嬉游之乐，遂忘中原，是则深可恨耳。"（《鹤林玉露》）宋人谢处厚云：

谁把杭州曲子讴？荷花十里桂三秋。
那知草木无情物，牵动长江万里愁。

其实，这怎么能怪杭州呢？它就像那些被称作"祸水""尤物"的美人一

何处望神州

[清]周尚文 《西湖全景图屏》（局部）

样，枉自承担了贪婪酿成的罪恶。当时的杭州被改名为临安，似乎试图提醒人们收复故土。然而偏安的岁月一久，人们对这层警示也就"惯闻如不闻"了。就像韦庄《菩萨蛮》词里说的，"未老莫还乡，还乡须断肠"，南宋的君王在这里沉醉忘返，自以为依恃长江天堑便可高枕无忧。林升写了一首《题临安邸》，对他们的健忘做了尖锐的讽刺："山外青山楼外楼，西湖歌舞几时休？暖风熏得游人醉，直把杭州作汴州。"而文及翁的《贺新郎》则说得更直白些：

> 一勺西湖水，渡江来，百年歌舞，百年酣醉。回首洛阳花石尽，烟渺黍离之地。更不复，新亭堕泪[1]。簇乐红妆摇画舫，问中流、击楫谁人是？千古恨，几时洗？　余生自负澄清志[2]，更有谁、磻溪未遇，傅岩未起[3]？国事如今谁倚仗？衣带一江而已。便都道，江神堪恃。借问孤山林处士，但掉头、笑指梅花蕊。天下事，可知矣。

北方洛阳的名花早已憔悴，而南宋的君王不觉得遗憾，因为西湖的歌舞成了他们的新欢。有了"衣带一江"的庇护，似乎连北伐将士的热血也不再需要了。真不知是他们对史书过于生疏，抑或历史对现实的警戒作用实在有限，一千年前，另一个江南旧都的命运早已预

---

[1] 此处用东晋王导等人的典故。《世说新语·言语》："过江诸人，每至美日，辄相邀新亭，藉卉饮宴。周侯中坐而叹曰：'风景不殊，正自有山河之异。'皆相视流泪。唯王丞相愀然变色曰：'当共戮力王室，克复神州，何至作楚囚相对！'"西晋灭亡后，南渡的旧臣们为山河易色而掉泪，尚且遭到王导训斥。而南宋时，却连为故国坠泪的旧臣也没有几个了。

[2] 此处用东汉范滂的典故。《后汉书·范滂传》："滂登车揽辔，慨然有澄清天下之志。"

[3] 此两句用姜子牙、傅说的典故：姜子牙在受到周文王重用之前，曾在磻溪隐居；傅说在遇到武丁以前，曾是在傅岩筑墙的奴隶。

演了南宋的覆灭：

> 王濬楼船下益州，金陵王气黯然收。
> 千寻铁锁沉江底，一片降幡出石头。
> 人世几回伤往事，山形依旧枕寒流。
> 从今四海为家日，故垒萧萧芦荻秋。
>
> 刘禹锡《西塞山怀古》

东吴最后一任君王孙皓，借长江天险阻止西晋王濬的军队，他在江中暗置铁锥，再加以千寻铁链横锁江面，自以为是万全之计，谁知王濬用大筏数十，冲走铁锥，以火炬烧毁铁链，顺流鼓棹，径造三山，直取金陵，至此三分归晋，汉末长达八十四年的分裂结束了。

诗中"金陵王气"的所在，就是今天的南京。如果说人们对杭州是爱恨交加，对南京的情感则是悲喜交集。喜的自然是它的繁华优美，更兼钟山风雨、虎踞龙盘，优美之外别有一种崇高感，比一般的江南城市还爽朗几分。对于南京城的美，李白的《金陵酒肆留别》写得无比迷人："风吹柳花满店香，吴姬压酒唤客尝。金陵子弟来相送，欲行不行各尽觞。"到了今天，秦淮河畔也是游人如织的胜地，然而等夜幕深沉，夫子庙的商贩散去，河上的花灯熄灭，明月孤悬，只听得黑夜中江水在流淌，就骤然让人感到一种孤寂冷落，正是："山围故国周遭在，潮打空城寂寞回。淮水东边旧时月，夜深还过女墙来。"（刘禹锡《石头城》）南京在繁荣的背后透出悲伤的底色，高蟾的《金陵晚

诗词里的家国情怀

〔明〕郭存仁 《金陵八景图》（局部）

望》说"世间无限丹青手,一片伤心画不成",可谓至当。

南京既受益又罹祸于它天资的优厚,几千年下来,不知阅尽了多少兴亡。从它屡次易名的历史,就可以窥得些许端倪:三国时孙权在这里筑石头城,称作建业,奠定了现代南京城的根基。晋灭吴后,它改称建康,但这些王朝都不长久。谢安的棋盘朽坏了,王羲之父子的遗墨成了新贵们争相抢夺的珍宝,他们堂前的燕子又觅了新巢,剩得"吴宫花草埋幽径,晋代衣冠成古丘"(李白《登金陵凤凰台》)。直到隋军灭陈,在御花园的一口井里擒获了陈后主,这里的城邑和宫殿便被荡平为耕地,最后的"六朝金粉"也被雨打风吹去。南唐时,这里再次成为都城,称作金陵,李煜本在这里过着"笙箫吹断水云间,重按霓裳歌遍彻"(李煜《玉楼春》)的富贵日子,只因赵匡胤一句"卧榻之侧岂容他人鼾睡",南唐覆灭,金陵改名江宁。到了明清时候,又改称南京、应天府,至于太平天国时改为天京,就更是后话了。

在这里,一个王朝从兴起到颓颓都显得格外仓促,就像是城墙下涌起又退散的潮头。不论世间荣辱浮沉,石头城犹自岿然不动,它的永恒和人间的变幻形成了惊心的对比。李贺说"天若有情天亦老"(《金铜仙人辞汉歌》),可天地究竟无情,南京至今秀色依然,反衬出人间的脆弱无常。韦庄的《金陵图》写道:"江雨霏霏江草齐,六朝如梦鸟空啼。无情最是台城柳,依旧烟笼十里堤。"中国的诗人对这种无常格外敏感,金陵也因此成为古诗里最伤感的地方。王安石填过一首《桂枝香》,上阕写这里的江山如画,下阕则转为悲凉:

> 登临送目，正故国晚秋，天气初肃。千里澄江似练，翠峰如簇。征帆去棹残阳里，背西风、酒旗斜矗。彩舟云淡，星河鹭起，画图难足。
> 念往昔、繁华竞逐。叹门外楼头，悲恨相续。千古凭高对此，漫嗟荣辱。六朝旧事随流水，但寒烟衰草凝绿。至今商女，时时犹唱，后庭遗曲。

看了太多的朝代更迭，不如去寻一个平安的去处吧！要说安逸，人们常常会想到巴蜀一带——这个被称为"天府之国"的地方，北部的剑门天险为它挡住了刀兵，保护了南边大片的沃土。蜀道艰难的名声由来已久，人们甚至专门为它写了一支叫《蜀道难》的乐府古曲。这首曲子在六朝的梁陈之时便有咏唱，只是前代的作品多数单薄无可观，直到李白的《蜀道难》横空出世。他开篇便惊叹"噫吁嚱，危乎高哉！蜀道之难难于上青天"，继而从蚕丛开国说到五丁开山，由六龙回日写到子规夜啼，陆时雍《诗镜总论》说他"驰走风云，鞭挞海岳"，这样的雄伟气魄，才与峥嵘而崔嵬的剑阁相称。

"一夫当关，万夫莫开。"易守难攻的地势使蜀地在许多时候都成为稳固的后方：诸葛亮在此励精图治，使它成为三国鼎立中的一足；到了唐朝，太平岁月的蜀地以富饶著称，有了"扬一益二"的美名，在战乱时期，蜀地则成为最后一个安宁的去处，庇护过许多流离失所的难民，就连皇帝也不例外——安史之乱时的唐玄宗、朱泚之乱时的唐德宗、黄巢起义时的唐僖宗，都曾经仓皇地逃进"蜀江水碧蜀山青"（白居易《长恨歌》）的蜀地。行宫见月，夜雨闻铃，蜀地尽管暂时平安，年年鲜花着锦，然而眼见"玉露凋伤枫树林，巫山巫峡气萧森"（杜甫《秋兴》其一），耳闻"猿鸣三声泪沾裳"（《巴东三峡歌》），也让人不得不为外面的形势忧心。入蜀避乱的生活孕育过许多著名的诗篇，例如杜甫的《登楼》：

> 花近高楼伤客心，万方多难此登临。
> 锦江春色来天地，玉垒浮云变古今。
> 北极朝廷终不改，西山寇盗莫相侵。
> 可怜后主还祠庙，日暮聊为梁甫吟。

杜甫对治蜀的诸葛亮是倾心仰慕的，所谓"复汉留长策，中原仗老臣。杂耕心未已，呕血事酸辛"（《谒先主庙》），诸葛亮像一支独木支撑起蜀汉的朝廷，杜甫急切期盼当代也有这样一位贤臣，可以"再光中兴业，一洗苍生忧"（《凤凰台》）。他几乎走遍了诸葛亮在蜀地留下的所有痕迹，把武侯祠外的森森翠柏看了一遍又一遍，"霜皮溜雨四十围，黛色参天二千尺"（《古柏行》）。这里的树木既因受天地造化而滋长繁茂，更因后人对诸葛亮的怀念而得到格外的爱护，"君臣已与时际会，树木犹为人爱惜"（《古柏行》）。刘备和诸葛亮情同鱼水、共计大业的往事，令几百年以后的杜甫心驰神往。然而诸葛亮星落五丈原的结局，也让他在希望之后生出几分失落——锦官城外，武侯祠在西，后主祠在东，栋梁之材和亡国之主同样享受着后人的香火供奉，让人不禁感叹历史的荒诞。

尽管如此，经历过之前的饥寒穷苦、颠沛奔波，成都的生活还是让杜甫得到了一片宁静的天空。他在江边建起草堂，"舍南舍北皆春水，但见群鸥日日来"（《客至》），天地万物都与他亲近，此时的杜甫开始享受到天伦之乐："老妻画纸为棋局，稚子敲针作钓钩。"（《江村》）尽管生活清贫，"盘飧市远无兼味，樽酒家贫只旧醅"（《客至》），也不妨碍亲朋聚会时的喜乐。

蜀中的安定生活也让杜甫不再"感时花溅泪"，他终于可以怀着平静而欢喜的心情去赏花，杜甫一口气写下了七首《江畔独步寻花》："桃花一簇开无主，可爱深红爱浅红。""留连戏蝶时时舞，自在娇莺恰恰啼。"对他来说，这样闲适的时光实在太珍贵了，锦江的春水洗净了渔阳鼙鼓以来的焦火气息，让几乎窒息的人们饱吸了一口澄净新鲜的空气。

巴蜀这片土地真让人心生感激：它既滋养稻米，养育了稠密的人口，也生长名花，让人感受到生的希望和喜悦。翻检描写川蜀的诗作，似乎越是经历兵马丧乱的作者，越是激赏这里的名花盛景，杜甫之后，还有陆游。陆游早年因主张北伐而被黜回老家山阴，而后再度出仕，在四十五岁时担任夔州通判，他将一路的所见所闻写成六卷《入蜀记》，而后赴汉中，入王炎幕府，"铁衣上马蹴坚冰，有时三日不火食"（《江北庄取米到作饭香甚有感》），度过了令他永生难忘的军旅生涯。三年后，陆游调任成都，再度入蜀，他在途中写下一首脍炙人口的绝句：

衣上征尘杂酒痕，远游无处不消魂。

何处望神州

〔明〕谢时臣 《蜀道难》

> 此身合是诗人未？细雨骑驴入剑门。
>
> 《剑门道中遇微雨》

几年后，陆游的老朋友范成大也调任成都知府，他们俩在文学上相互唱和，在北伐抗金一事上也谈得投机。与故友重逢，又结交了一些意气相投的新朋友，令他感到精神一振，仿佛又回到了英勇的少年时代："锦城得数公，意气如再少。"（陆游《游大智寺》）范成大到了四川，着手整肃军纪，修整武备，在秋天举行了阅兵。陆游身披戎装参与其中，这一盛事令他激动万分：

> 千步毬场爽气新，西山遥见碧嶙峋。
> 令传雪岭蓬婆外，声震秦川渭水滨。
> 旗脚倚风时弄影，马蹄经雨不沾尘。
> 属橐缚裤毋多恨，久矣儒冠误此身。
>
> 《成都大阅》

陆游和范成大虽然被排挤出京城，但也因此呼吸到了自由的空气：在这里，他们不会动辄因为"鼓吹恢复"而受到责罚，甚至可以亲自操练军队，重温投军报国的夙愿。赵翼在《瓯北诗话》里说，陆游入蜀以后，"其诗言恢复者十之五六"。久违的军旅生活点燃了他们恢复旧山河的热望，令他们在京城临安感受到的压抑阴霾一扫而空。而蜀地不仅让他们施展了热血壮志，也用秀丽的山水名胜抚慰了他们焦灼的心，陆游尤其痴爱这里的海棠："走马蜀锦园，名花动人意。"（《张园观海棠》）"有花即入门，莫问主人谁。"（《游东郭赵氏园》）"走马碧鸡坊里去，市人唤作海棠颠。"（《花时遍游诸家园》）而范成大在宦海中浮沉半世，对这里的惬意生活也非常珍爱："手开花径锦成窠，浩荡春风载酒过。"（《题锦亭》）"十里珠帘都卷上，少城风物似扬州。"（《三月二日北门马上》）

这样的诗，似乎和我们印象里的"爱国诗"有着微妙的不同，仿佛是他们"偷得浮生半日闲"才写下的轻松之笔。其实，"爱国"并不只有"君王天下事"，像这样对一花一木、一山一水的钟情，才正是他们对家国情感的源头，且高山大河本身，也滋养了人们对于家国的眷恋。譬如洞庭湖，即便隐逸闲散如孟浩然，在目睹"气蒸云梦泽，波撼岳阳城"（孟浩然《望洞庭湖赠张丞相》）之后，也不禁生出奋发有为的雄心，而杜甫在"吴楚东南坼，乾坤日夜浮"（《登岳阳楼》）的壮景之前，也不由得联想起了自己饱经战乱的国家："戎马关山北，凭轩涕泗流。"（《登岳阳楼》）北宋的范仲淹，在这一片浩浩汤汤、横无际涯的潋滟波光之前，也写下了"先天下之忧而忧，后天下之乐而乐"（《岳阳楼记》）的壮语。"国家"对他们来说，不只是两个字组成的名词，而是一寸也割舍不下的土地，时刻也忘却不了的亲人，千金高爵也不能买断的莼鲈之思，即使去国多年，甚至客死异地，也必须"葬我于高山之上兮，望我故乡"（于右任《国殇》）。唯有对家国的爱真挚热烈，才使他们眼里的寻常花草流露出动人的情意，才使他们为之奋斗一世，"虽九死其犹未悔"（屈原《离骚》）。

这样的情感，几近于人们对恋人的欣赏：无论对方怎样普通，也自然有一种可爱风情，正所谓不足为外人道也——倘若让一个对文史毫无了解的人前来游览，虽然也能欣赏，却总觉得缺少了些什么。像"大漠孤烟直，长河落日圆"（王维《使至塞上》）、"日出江花红胜火，春来江水绿如蓝"（白居易《忆江南》），这样的句子早已一代代地沉淀在中国人记忆的情感和语言里，使得山水也具有了情感和灵魂。它们本身就是历史的一部分，同时又是当前的世界。时间与空间，传说与现实，都交汇在这一片土地上。即使是平头百姓，听唱到"滚滚长江东逝水"时，内心也会蓦地涌起一股英雄气概。青山依旧，几度斜阳，再没有比这更常见的风景，却只有在祖国的大地上才能读出苍凉的味道，神游故国，风流千古，多情应笑，还须烫一壶烈酒为之浇奠。